KB166967

나라는 베스트셀러

나 라는 베스트셀러

루타 세페티스 (Ruta Sepetys) • 이민희 옮김

0

1

2

3

4

5

6

7

8

9

10

흐름출판

목차

인생은 움직이는 이야기이다.

당신은 매일 이야기를 덧붙이고, 고치고, 다른 각도에서 보고, 지운다. 때로는 몇 페이지를 찢어버렸다가 나중에 후회하기도 한다.

하루는 이야기다. 일 년은 이야기다. 인생은 이야기이다.

당신이 곧 이야기이다.

소설을 쓰든 에세이를 쓰든, 강력한 글쓰기의 비결은 당신의 경험에 깃들어 있다.

당신의 인생은 결코 일인극이 아니다. 가족과 친구, 무대 뒤에서 맴돌던 조연들이 등장해 주목을 받기도 한다. 그들은 당신의 이야기를 복잡하고 풍성하게 확장한다. 만약 자기 가족 관계가 완벽하다고 말하는 사람이 있다면 가까이하지 말자. 끔찍하게 지루한 사람이거나 나체촌에 입소한 론 삼촌이 부끄러운 것일 테니까. 론 삼촌에 관한 페이지를 찢어버리는 사람이라면 보나 마나 따분한 사람이다.

삶의 재미는 파도치는 감정에 있다.

좌절 희망 유머 수치

이러한 **감정**들은 작가의 기본 도구다. 우리는 이미 이 도구들을 모두 갖추고 있다. 개개인의 삶은 굴곡진 플롯, 고유한 배경과 보이스, 수많은 등장인물로 구성되어 있다. 그런 요소들이 녹아든 글은 진정성이 느껴진다. **진짜를 담았기 때문이다.**

나는 소설가가 되기 전에 20년 이상 음악 업계에 몸담았다. 여러 작곡가, 영화 음악가, 록 밴드, 뮤지션과 일하면서 많은 걸 배웠다. 변호사 연락처를 단축 번호로 지정해 놓을 만큼 업계의 어두운 면도 많이 봤지만, 한편으로는 창작의 세계를 아주 가까이서 지켜볼 수 있었다.

그때에 알게 된 것이 있다. 조금이라도 창작자의 경험이 담긴 곡은 대박을 터트릴 확률이 훨씬 크다는 것이다. 쌀알만 한 진실한 감정이 어떤 마법 같은 울림을 자아냈고, 그런 곡은 음악적으로도, 정서적으로도 듣는 이에게 강렬한 인상을 남기며 순식간에 엄청난 공감을 불러일으켰다. 많은 사람이 이 노래의 주인공은 바로 자신이라고 주장하며 차 안에서 열창하거나 콘서트장에서 야광봉을 흔들며 따라 불렀다. 그 곡은 많은 이들의 삶에 배경 음악으로 자리매김했다. 진짜를 담았기 때문에 진짜 영향력이 생긴 것이다.

책을 쓰는 비결도 마찬가지로 우리의 과거 경험에 있다. 실패, 상심, 실수는 훌륭한 소재다. 아미시 신도와의 짧은 연애, 할리우드 힐스의 한 무명 가수 집에서 탈출한 일, 정장 가격표를 겨드랑이에 단 채 면접을 본 일 등은 내 인생의 이야기에서 절대 찢어버리지 않을 페이지다. 그런 페이지는 결코 찢어버리면 안 된다. 그런 페이지들이 바로 걸핏하면 회색으로 물드는 세상에 색을 입히는 경험들이니까.

강력한 글쓰기의 원천은 감정과 상상력이다. 좋은 글은 생

◊　Amish, 현대 기술 문명을 거부하고 소박한 농경 생활을 하는 미국의 극보수 기독교 종파.

생한 감정을 불러일으켜 독자를 끌어들이고 변화시킨다. 인물에 공감하게 하고 장면들을 뇌리에 깊이 새긴다. 일부 작가들은 무에서 유를 창조해야 한다고 생각하지만, 그렇게 창조된 작품은 아무 감흥을 주지 못한다.

이 책에서 나는 이야기를 구성하는 몇 가지 요소를 소개하면서 내 삶의 경험을 예로 들어 당신도 자신의 경험을 반추하도록 독려할 것이다. 생각과 영감을 자극하기 위해 간단하고 기본적인 예제를 제시하며, 챕터에 따라 다양한 스토리텔링 예시와 구조로 주제를 설명하겠다. 또한, 역사를 사랑하는 작가로서 여러 가지 흥미로운 역사적 사실도 공유하겠다.

스토리텔링 방식은 매우 다양하지만, 진정으로 인상적인 글을 빚어내려면 자신의 기억과 감정을 자세히 들여다보고, 그 성찰을 이야기의 구성 요소에 불어넣어야 한다. 창작물에 당신의 일부를 담아라. 그 진정성이 독자를 사로잡아 끝까지 머물게 할 것이다.

흡입력 있는 이야기의 비결은 뭘까? 매력적인 플롯은 독자를 흥미로운 배경, 엄청난 비밀, 반드시 해결해야 할 문제 속으로 초대한다. 주인공은 반드시 무언가를 *원해야* 하며, 독자는 그 욕구를 알고 이해해야 한다.

 이야기를 구상할 때 다음 10가지 기본 질문을 곰곰이 생각해보자. 모든 장르에 이 10가지 요소가 포함되는 것은 아니지는 않지만, 다음 질문들에 답할 수 있다면 이야기를 더 깊이 이해할 수 있다.

발단: 어떤 사건이 플롯을 촉발하는가?

목표: 주인공이 원하는 바는 무엇인가?

전략: 목표를 이루기 위해 주인공은 무엇을 하기로 하는가?

갈등: 누가 또는 무엇이 주인공을 방해하는가?

이해관계: 일을 그르치면 어떤 결과가 초래되는가?

가장 절망적인 순간: 희망이 없는 것처럼 보이게 하려면 어떻게 해야 하는가?

교훈: 주인공이 자아와 타자, 삶에 대하여 무엇을 배우는가?

결단: 주인공이 배운 것을 바탕으로 무엇을 하는가?

결함: 주인공이 정서적으로 성장하려면 어떤 방식으로 성장해야 하는가?

과거사: 이야기가 시작될 때 주인공을 괴롭히는 것은 무엇인가?

우리는 모두 살면서 일련의 플롯을 따라 움직인다. 당신의 인생에서 어떤 계기가 된 사건, 전략, 갈등, 가장 절망적인 순간을 떠올릴 수 있는가?

잠시 짬을 내어 몇 가지를 적어 보자. 더 좋은 방법은, 지난 일기를 들춰보는 것이다.

어느새 일기는 구시대의 유물이 됐다. 한 친구가 알려주길, 요즘은 다들 일기(diary) 대신 저널(journal)을 쓴다고 한다. 이럴 수가! 나도 저널을 쓰긴 한다. 저널이 어른스러우면서도 피상적이고 단조롭다면 일기는 가장 부끄러운 비밀이나 가장 내밀한 두려움을 털어놓는 곳이다. 누구나 일기에서 흥미로운 글감을 찾을 수 있다.

일기: 삶에서 일어난 일에 대한 개인적인 생각과 관찰을 적은 은밀한 기록

저널: 이런저런 계획과 단정을 적은 기록

맞다, 내 주장을 뒷받침하려고 완전히 날조한 정의다. 나에게 일기와 저널은 별개다. 저널에서는 언젠가 마음이 내키면 산티아고 순례길로 떠나겠다고 큰소리치고, 일기에서는 우연히 옆집 남자와 키스하는 꿈을 꿨다고 털어놓는다. 저널에는 일어날 수 있는 일에 관해 쓰고 일기에는 일어난 일에 관해 쓴다. 사실만을 말한다.

오빠가 내 바비 인형을 물에 빠뜨렸다. 나는 오빠 방에 들어가 몰래 독한 방귀를 뀌고 나왔다.

내 오래된 일기의 한 구절이다. 선을 넘은 혈육을 생화학 무기로 응징했다는 내용이다. 다소 남부끄럽지만 나에게는 의미 있는 기록이다. 그때 내가 왜 그랬을까? 10가지 플롯 질문 중 하나에 적용하거나 답할 수 있을까?

그 당시 내 일기장에는 작은 자물쇠가 달려 있었다. 나는 책상 밑면에 자석을 붙여서 열쇠를 보관했는데, 그때 꽤 기발한 방법이라고 생각했다. 어머니가 클립으로 자물쇠를 따고 전부 다 읽어버리기 전까지는 말이다. (페이지 사이사이 묻은 담뱃재를 보고 알았다.)

하지만 일기는 아이들만 쓰는 것이 아니다. 나는 소설을 쓰기 위해 자료 조사를 하면서 FBI 요원, 군인, 비밀경찰이 쓴 일기들을 접했다. 그 일기들은 거침없이 노골적이고 생생하며 갈등과 이해관계가 바로 드러났다.

당신의 주인공이 어린시절에 일기를 썼다면 어떤 내용이 담겨 있을까? 무슨 말을 여백에 끄적이거나 줄을 그어 지웠을까? 누가 볼까 봐 암호로 썼을까? 아니면 안심하고 털어놓았을까?

만약 누군가의 일기를 읽을 수 있다면 누구의 일기를 왜 읽고 싶은가? 어떤 내용을 기대하고, 그 내용이 플롯에 어떤 영향을 줄 수 있을까?

나는 유품 정리 시장(estate sale)에서 낡은 일기장을 발견하면 곧바로 사들인다. 한번은 중고품 가게에서 아주 오래된 편지 꾸러미를 발견한 적도 있다. 1905년에서 1910년 사이에 쓰인 엽서와 편지들이 담긴 꾸러미는 고작 1.5달러였지만, 역사 소설가인 나에게는 보물이나 다름없었다.

스탠리, 바로 와야 해. 화요일 저녁 7시에 우체국 뒤에서 만나. 아무한테도 말하지 말고! -캐서린

소인은 1908년으로 찍혀 있었다.

플롯은 넘쳐났다.

캐서린은 왜 스탠리를 우체국으로 불렀을까? 왜 아무한테도 말하지 말라고 했을까? 캐서린이 원하는 건 무엇이었을까? 스탠리는 누구였을까? 사촌? 학교 친구? 연인? *살인자?*

나는 머릿속에 떠오른 인물, 플롯, 이해관계에 즉시 매료되었고, 2년 동안 스탠리와 캐서린의 사연을 끈기 있게 파고들어 마침내 전체 이야기를 발굴했다.

그 과정은 상상 이상으로 매혹적이었고, 수많은 질문을 불러일으켰다.

강력한 플롯을 구축하려면 구체적이고 창의적인 답을 유도하는 질문을 던져야 한다.

스탠리를 위한 시시한 질문: 직장에서 있었던 일을 설명하라.
스탠리를 위한 흥미로운 질문: 학교나 직장에서 집에 가져가면 안 되는 물건을 가져간 적 있는가?

흥미로운 질문은 플롯의 토대가 되는 생생한 장면을 조성한다. 갑자기 스탠리가 비품 창고에서 펜 한 상자를 몰래 챙기거나 뒤를 흘낏 살피며 바지춤에 서류를 끼워 넣는 장면이 떠오르지 않는가?

매력적인 플롯은 종종 실제 사건에서 영감을 얻는다. 실생활은 흥미로운 질문으로 가득하다. 현실은 가끔 허구보다 허구 같다. 실명이나 정확한 디테일은 드러내지 말고 창의력을 발휘하자. 누군가를 비난하거나 폭로하려고 글을 쓰지 말자. 현실에서 포착한 감정적 이해관계나 별난 우연을 활용하여 복합적인 플롯을 만들어 보자.

실제 사건을 떠올리며 스스로 질문해 보라. 그 사람이 원하는 것은 무엇이었을까? 그는 원하는 것을 얻기 위해 어떤 위험을 감수할 의향이 있었을까? 일기에 어떤 비밀이나 단서가 있을까? 만약 일기가 없다면?

때로는 철 지난 달력, 편지, 오래된 청구서도 일기 역할을 한다. 특히 영수증을 보면 누가 무엇을 언제 어디서 샀는지 알 수 있다. '왜'만 없을 뿐이다. 오래된 영수증을 보고 질문을 던져 새로운 플롯을 만들어 보자.

1993년 3월 12일에 피닉스에서 탁구공 천 개를 구매한 이유가 뭘까?

내 회계사도 같은 질문을 했다. 플롯의 기운을 감지한 것이다. 회계 감사의 기운일 수도 있고.

물론 사진에도 플롯이 담겨 있지만, 사진에서 글감을 찾을 때는 신중해야 한다. 가족사진에는 이미 서사가 존재하는 경우가 많은데, 그 서사가 사실이 아닐 수도 있다.

그건 우리 아들 마크야. 4살 때. 크리스마스에 베이비시터가 쇼핑몰에 데려가 찍은 사진이지. 애가 산타 할아버지를 만나고 너무 흥분해서 울어버렸대.

이웃, 친구, 친척에게 연락해 과거의 어느 날에 관해 물어보자. 그들은 당시 찍은 사진을 가지고 있을 수도 있다. 그들의 사진과 기억은 이야기의 다양한 측면, 당신이 전혀 몰랐던 인과 관계를 보여줄 것이다.

마크의 베이비시터였던 베키 알지? 마크를 데리고 쇼핑몰에 산타 할아버지 보러 간다고 했는데 알고 보니 신발 가게에서 일하는 자기 남자친구를 보러 간 거였어. 졸려서 칭얼대는 애를 얼마나 세게 꼬집었는지 애가 산타 무릎에 앉아서도 울음을 안 그치더라.

같은 사진, 완전히 다른 플롯이다.

일기, 사진, 달력, 영수증 말고도 우리에게는 이메일과 문자 메시지가 있다. 특정 시기의 생각, 마음, 의견, 일상적 행동이 담긴 기록이 수천 건에 달할 것이다. 오래전 이메일을 다시 열어 보자. 누구와 무엇을 논의했는가? 비밀 사서함 또는 비공개 계정을 사용해 본 적 있는가? 어떤 용도로 사용했는가?

어떤 결심의 계기가 된 사건이 있는가? 궁극적 목표나 보상은 무엇이었는가? 가장 힘들고 어려웠던 순간은 언제였는가? 과거의 기록을 들여다보면 새로운 관점과 신선한 플롯을 얻을 수 있다. 핸드폰에서 오래된 사진 하나를 골라서 그 사진을 중심으로 완전히 새로운 이야기를 만들어 보자.

지금이라도 삶의 조각들을 보관하라. 훗날 누군가가 발견할 수 있도록 당신의 비밀스러운 자아를 기록하라. 자물쇠 달린 일기장이든, 암호 걸린 디지털 기기든, 쪽지가 담긴 유리병이든 뭐든 상관없다. 필요하다면 익명을 쓰거나 가명을 써도 좋다. 단서를 심자. 다락방 서까래에서, 폐차장의 자동차 글로브박스에서 일기장이 발견되는 미스터리를 상상해 보라. 누군가가 발견하고 밝혀낼 수 있도록 흔적을 남기자.

당신의 이야기는 가치 있는 플롯을 담고 있다. 1930년대 미국 배우 메이 웨스트는 이렇게 말했다. "일기를 써라, 언젠가 그것이 당신을 지탱해 줄 것이다."

흥미로운 플롯에는 흥미로운 인물들이 등장한다. 당신은 독특한 가족 사이에서 자랐는가? 살면서 독특한 사람들을 만났는가? 그들이 당신의 글에 영향을 미쳤는가?

당신의 인생에 **긍정적 영향**을 준 다섯 명을 꼽아 보라.
당신의 인생에 **부정적 영향**을 준 다섯 명을 꼽아 보라.

긍정적인 경험과 부정적인 경험 모두 우리 삶과 선택에 영향을 미친다.
나는 리투아니아인 아버지와 독일계 미국인 어머니의 딸이다. 두 분 다 허기, 고난, 굴욕을 헤치며 살아왔다.

내 아버지는 리투아니아에서 태어나 제2차 세계대전 중 부모님과 함께 망명을 떠났다. 그들은 난민 수용소에서 9년을 보낸 후 뉴욕행 배를 탔다. 뉴욕에 도착했을 때 영어를 전혀 하지 못했던 내 할머니와 할아버지는 월스트리트에서 화장실 청소부로 일했다. 그렇게 1년을 보낸 후 할아버지가 포드 자동차 회사에 일자리를 얻으면서 가족은 뉴욕을 떠나 디트로이트에 정착했다.

11남매 중 막내였던 내 어머니는 디트로이트 도심에서 자랐다. 내 외할아버지는 독일 출신 미국 이민자로 포드 자동차 공장에서 노동자로 일했다. 그가 내 어머니의 두 살 생일을 앞두고 쉰여덟 살에 세상을 떠나며 가족은 경제적으로 궁핍해졌다. 내 어머니는 가난과 싸우며 병든 모친을 돌보기 위해 열다섯 살에 학교를 그만둬야 했다.

부모님은 갖은 역경을 이기고 안팎으로 성공했다. 용감하고 호기심이 많았으며, 그 호기심과 모험심을 세 자녀에게 물려주었다. 어머니는 책과 음악, 연극을 사랑했고 아버지는 한평생 예술가이자 축구인, 여행가였다. 두 분 다 어렸을 때 모든 것을 잃어 봤기에 매사에 감사하고 감탄하며 살았다.

게다가 두 사람은 이름 있는 집안 출신도 아닌데 기업계,

예술계, 암흑가에 이르기까지 각계각층의 명사들과 섞이고 어울렸다.

언젠가 집에서 화려한 스테인리스 찻잔 세트를 발견한 기억이 난다. 오래되었지만 한 번도 사용한 적 없는 물건이었다.

"이건 어디서 난 거예요?" 내가 물었다.

"결혼 선물로 받은 거야." 어머니가 대답했다. "지미 호파◊ 한테."

플롯의 기운이 물씬 풍기지 않는가? 하지만 대화는 거기서 일단락되었다.

아버지는 광고 대행사와 연계된 그래픽 디자인 회사를 운영했다. 아버지가 한 유명 패션 기자의 중개로 구매한 우리 집은 다양한 예술가들이 모여 사는 동네에 있는 미드 센추리 모던 주택이었다. 동네의 모든 집이 저마다의 플롯에 둘러싸여 있었다.

원숭이를 키우던 자동차 디자이너, 핼러윈데이에 방문한 아이들에게 사탕 대신 마티니를 나눠 주던 의사, 훗날 현대 건

◊   Jimmy Hoffa, 미국의 노동 운동가. 1950년대부터 전미 화물 운송 노동조합의 위원장을 지내며 막강한 권력을 휘둘렀으나 1975년에 실종되었다.

축의 거장이 될 건축가, 온 집 안에 분홍색 털 카펫을 깔아 놓은 늙은 발레리나, 할리우드에 진출해 유명해진 베이비시터가 기억난다. 아마추어 축구 선수였던 내 아버지는 주말마다 원정 경기를 갔다가 다쳐서 돌아오곤 했다. 마티니를 애호하는 의사가 아버지의 상처를 꿰매는 동안 어머니는 주방에서 맥앤치즈를 휘저으며 우리가 간첩이라고 확신하는 이웃과 통화하곤 했다. 모든 게 나에게는 평범한 일상이었다.

초등학교 5학년 때 나는 마임 학원에서 만난 친구를 집에 데려왔다. 친구는 집 안을 둘러보더니 눈살을 찌푸렸다. "루타, 너…… 여기 살아?"

나는 약간 어리둥절했다. 리투아니아인 아버지와 이국적인 이름을 가진 애가 왜 미시간주에 사느냐는 뜻인가?

"나 디트로이트에서 태어났어. 미국인이야." 나는 당당하게 말했다.

"아니, 그 뜻이 아니라."

그럼 무슨 뜻인데? 나는 친구의 말을 서서히 이해했다. 우리 집은 우리만의 독특한 세계에 둘러싸여 있었다. 그래서 다른 동네 사람 눈에 우리 집이 낯설게 보일 수 있다는 것을 몰랐다. 부엌 벽에는 거대한 초록색 햄버거 팝아트가 걸려 있고, 검정 유광 페인트로 칠한 손님용 화장실에는 고화질 원더우

먼 포스터가 변기를 마주 보고 있었다. 튤립 의자, 흰 아크릴 과일 모형들이 담긴 그릇도 예사로운 물건은 아니었다. 아버지가 네온사인으로 만든 실루엣 초상화도 있었다.

내 부모님은 근면하고 성실하면서도 창의력과 호기심이 강했다. 딸을 마임 학원에 보내거나 아들이 수집한 맥주 캔으로 설치 미술을 했던 것만 봐도 알 수 있다. 이웃들도 비슷했다. 다들 부자는 아니었지만 개성이 뚜렷했다. 이 동네는 끝없는 이야기와 생생한 플롯의 원천이었다.

당신은 어떤가? 어릴 때 무엇에 호기심을 느꼈는가? 가족이나 친척 중에 특이한 취미를 가진 사람이 있는가? 특이한 동물을 키우는 이웃이 있었는가? 동네에서 가장 이상한 집은 어느 집이었는가? 누구의 집에서 살고 싶었는가? 어느 집이 파티를 가장 자주 열었는가? 지켜야 할 규칙이 있는 집이 있었는가? 동네를 떠들썩하게 했던 결혼, 이혼, 사고, 스캔들, 환희의 순간을 떠올려 보자. 그중 무엇을 플롯에 엮을 수 있을까?

플롯을 구축할 때, '만약에'로 시작하는 질문을 습관적으로 던지자.

만약에……

∨ 만약에 집 문 앞에 정체불명 소포가 놓여 있다면?

∨ 만약에 그 소포에서 어떤 액체가 새고 있다면?

∨ 만약에 반송 주소에 적힌 이름이…… 죽은 줄로만 알았던 사람이라면?

당신이 자란 동네를 떠올리며 '만약에'로 브레인스토밍을 해 보라. 호기심을 마음껏 발산하라.

영국의 소설가 E. M. 포스터는 이렇게 말했다. "호기심은 인간의 능력 중에 가장 변변찮은 것이다. 주변을 둘러보면 호기심이 많은 사람은 대개 기억력이 나쁘고 어리석다."

그럴지도 모른다. 하지만 나는 이탈리아 철학자 피에로 페루치의 관점을 선호한다. "우리 삶 구석구석에는 시간이나 관심이 부족해 미처 발견하지 못한 보물들이 숨어 있다. 그것들은 삶의 선물이며 일부는 평범하고 일부는 특별하다. 방심하면 놓치지만, 알아차리면 좀 더 행복해진다."

당신의 삶 구석구석에는 무엇이 숨어 있는가? 어두운 구석에 빛을 비춰 살펴보자. 플롯의 영감이 떠오르는가?

플롯을 구성할 때 갈등을 켜켜이 쌓으면 좋다. 갈등은 흥미와 긴장을 유발한다. 갈등은 이야기에서 여러 형태로 나타날 수 있다.

인물 vs. 타인

인물 vs. 자아

인물 vs. 사회

인물 vs. 자연

인물 vs. 기술

인물 vs. 기억

한 일화로 설명하겠다.

처음 음악 업계에 발을 들였을 때 나는 LA의 할리우드에서 살았다. 어느 음악 매니지먼트사에서 인턴으로 일하며 생계를 위해 아르바이트를 병행했다. 인턴 생활의 대부분은 회사 소속 뮤지션들의 밤무대를 따라다니는 것이었다.

어느 날 밤, 회사와 계약한 뉴욕 출신 밴드가 선셋 대로에 있는 유명 클럽 '위스키 고고'에서 오프닝 공연을 하게 되었다. 그들을 밴드 X라고 하겠다. 주로 헤어 메탈 밴드들이 공연하던 위스키 고고에서 밴드 X는 아주 신선했다. 자유분방하고 재기발랄했다. 나도 그들을 무척 좋아했다.

그날 밤 내 임무는 클럽 곳곳에 밴드 X의 홍보 포스터를 붙이는 일이었고, 나는 기쁘게 임했다. 갓 경영학 학위를 따고 음악 업계에 입성한 스물두 살의 나는 열정이 넘쳤다.

그런데 오프닝 밴드를 홍보하려는 내 노력이 아니꼬웠는지, 헤드 라이너◊ 밴드의 누군가가 내가 붙인 포스터들을 찢어버렸다. 나는 잔뜩 주눅이 든 채 대기실에 그 일을 보고했다. 밴드 X의 멤버들은 헤드 라이너 밴드의 무례한 행위에 분개

◊   여러 가수가 참여하는 음악 공연에서 그날 대표적으로 내세우는 가수.

했고, 매니저는 그들에게 위스키 고고에서의 오프닝 무대를 어렵게 따냈으니 이번에는 사고 치지 말라고 다독였다.

매니저가 언급한 '사고'들에는 어느 코미디언에게 고소당한 일, 외설죄로 유치장 신세를 진 일, 밴드 이름이 리더의 첫 환각제 경험에서 비롯되었다는 언론 보도 등이 있었다.

갈등 1: 이전의 사고들.

갈등 2: 밴드 간 신경전.

갈등 3: 밴드 X는 이번 공연을 어렵게 따냄. 더는 사고 치면 안 됨. 게다가 지난번 '사고'로 드러머의 본업이 위태로워졌음.

갈등 4: 드러머의 본업? 그는 경찰이었음. 뉴욕 경찰.

갈등 5: 날 선 분위기를 누그러뜨리고자 다 같이 칵테일을 몇 잔 마심.

갈등 6: 다들 알딸딸해진 그때, 유명 패러디 가수 위어드 알 얀코빅(Weird Al Yankovic)이 공연을 보러 왔다는 소식이 전해짐.

갈등 7: 위어드 알 얀코빅은 언론의 관심을 끌만 한 연예인임.

무대에 오른 밴드 X는 술기운 덕분인지 멋진 공연을 펼쳤다. 관객들도 열렬히 호응했다. 분위기가 후끈 달아올랐다. 그런데 그때, 마지막 곡을 부르던 보컬이 느릿느릿 셔츠를 벗었다.

좀 창백해 보였지만, 크게 걱정하지 않았다. 공연 도중 가수가 상의를 탈의하는 경우는 많으니까.

바지 단추가 풀렸다. 속옷이 드러났다.

객석에서 야유와 환호가 터졌다.

한 매니저가 내 팔을 부여잡았다. "설마."

그때 갑자기 위어드 알 얀코빅이 무대에 난입해 특유의 기괴한 춤(한 다리를 뒷덜미에 걸고 뛰기)을 선보였고, 우리의 보컬은 기어이 바지와 속옷을 내리고 나체로 노래를 불렀다.

객석은 혼란에 빠졌다. 일부는 환호했고 일부는 비명을 질렀다. 누군가는 그의 가랑이를 향해 맥주를 뿌렸다.

갈등 8: 관객들이 노출된 성기를 향해 물건을 던져댐. 클럽 관계자가 무전기에 대고 외침. "경찰 불러."

갈등 9: 공연 음란죄로 체포될 수 있는 상황.

(다시 말해 갈등 4에 따라 뉴욕 경찰이 LA 경찰에게 체포될 수 있는 상황.)

사건이 진행되며 갈등 요인이 어떻게 더해졌는지 주목하자. 공연이 끝난 뒤 매니저들은 밴드를 붙들고 도망치려고 했지만 우리 모두 술을 마셨기에 운전을 할 수 없었다. 결국 우리는 근처의 한 호텔 바로 피신했다. 거기서 술을 몇 잔 더 마시며 나는 겨우 한숨을 돌렸다. 그러다가 화장실에 갔는데, 한 젊은 호텔 직원이 흥분한 기색으로 나에게 밴드 X와 함께 온 것이 맞느냐고 물었다.

나는 어깨가 한껏 치솟았다. 나 좀 봐! LA의 고급 호텔 바에서 한창 떠오르는 밴드와 함께 있는 스물두 살의 나를. "네, 밴드 X 맞아요!"

갈등 10: 별세계에 취해 모든 걸 말아먹는 철없는 인턴.

노출 사고를 일으키고 기껏 남의 눈을 피해 호텔로 숨어든 밴드의 정체를 내가 신나게 까발린 것이다. 그 결과…… 일이 커졌다고만 해 두자.

플롯에 갈등 요인을 여러 겹 더하면 이야기가 흥미진진해진다.

당신은 살면서 어떤 갈등 요소들을 맞닥뜨렸는가? 특정 알레르기, 공포증, 라이벌이 있는가? 그에 관한 기억을 떠올려 보라. 당신이 구상하는 플롯과 인물에 접목해 갈등을 만들어 낼 수 있는가?

만약 그날 밤에 비가 왔다면 밴드 X 이야기에 훌륭한 갈등 요소로 작용했을 것이다. LA는 비가 드문 만큼 한번 내리면 모든 게 복잡해진다.

하지만 그날 밤, 한 미숙한 인턴이 폭풍을 몰고 왔다.

정말 잊지 못할 밤이었다.

○ 어린시절의 자신과 그 안에 담긴 이야기들을 되돌아보라.

○ 어릴 때 살았던 집과 동네가 현재의 자신에게 어떤 영향을 미쳤는지 생각해 보라. 당신은 누구 또는 무엇을 좋아하고, 두려워하고, 싫어했는가?

○ 일기나 나만의 글감 저장소에서 플롯의 실마리를 찾아 보라.

○ 당신이 자란 동네에 독특한 이웃이 있었는가? 누구의 사연 이 흥미로웠는가?

○ 당신이 구상하는 인물이 원하는 바는 무엇인가?

○ 생생한 장면이나 갈등을 불러일으키는 질문을 던지라.

○ 오래된 이메일, 편지, 영수증을 보고 아이디어를 얻으라.

○ 여전히 품고 있는 의문과 호기심을 파고들라.

○ 갈등 요소들을 엮어서 이야기로 만들라.

○ '만약에……'를 반복하며 플롯을 구축하라.

○ 주인공이 갈등을 빚는 대상을 구체화하라. 타인? 기술? 사회?

○ 10가지 플롯 질문을 당신이 구상하는 이야기에 적용해 보라.

○ 다음 빈칸을 채우고 플롯을 발전시키자.

전교생이 집합한 고등학교 강당. 갑자기 전기가 나가 사방이 암흑에 빠진다. 조명이 다시 켜졌을 때 교사들은 ＿＿＿＿＿＿＿＿ ＿＿＿＿＿＿＿＿ 을(를) 깨닫는다.

○ 도서관에서 책을 빌렸다. 집에 도착해 책을 훑어보는데, 페이지 사이에서 100달러짜리 지폐가 나왔다. 지폐 귀퉁이에

전화번호와 함께 '도와주세요'라고 적혀 있다. 다음 질문에 최대한 자세히 답해 보자.

주인공은 누구인가?

주인공이 원하는 것은 무엇인가?

잠재적인 걸림돌과 갈등 요소는 무엇인가?

만약에……?

○ 빌린 책에서 지폐를 발견한 사람의 관점에서 가상의 일기를 써 보자.

○ 책이나 잡지에서 사진 한 장을 선택해 서로 다른 세 가지 이야기를 구체적으로 구상해 보자.

○ 만나고 싶거나 함께 일하고 싶은 사람을 떠올려 보자. 그 사람을 위한 창의적이고 흥미로운 질문 목록을 작성해 보자.

산티아고 순례길

매년 전 세계 수천 명이 육체적 인내와 정신적 신념, 문화적 이해를 시험하는 여정에 오른다. 이 역사적인 순례자 길은 약 800킬로미터에 이르며, 먼저 이 길을 걸었던 사람들은 이 여정을 우정, 추억, 자아 발견, 이야깃거리를 불러일으키는 모험이라고 말한다.

Q: 노선들은 어느 지역에 걸쳐 있는가?

지미 호파

지미 호파의 실종은 미국 역사상 가장 유명한 미제 사건 중 하나다. 마피아와 연루된 것으로 알려진 악명 높은 노동 운동가 호파는 어느 날 흔적도 없이 사라졌다. 수년 동안 사람들은 다양한 음모를 제시했다. 누군가는 그의 피살을 목격했다고 주장하고, 누군가는 그를 강철 드럼통에 묻었다고 자백했으며, 또 누군가는 그가 자이언츠 스타디움 아래에 묻혔다고 장담했다. 지미 호파의 미스터리 뒤에 숨겨진 진실은 무엇일까?

Q: 지미 호파는 언제 사라졌으며, 이 사건에 대한 최신 소식은 무엇인가?

미드 센추리 모던

미드 센추리 모던은 미국에서 시작된 디자인 운동으로 건축과 제품 디자인에 큰 영향을 미쳤다. 1945년에서 1969년 사이 유행했던 이 양식은 지금까지도 인기가 많다. 많은 사람이 이 양식의 대표적인 인물로 임스, 사리넨, 베르토이아와 같은 남성 가구 디자이너를 떠올리지만, 그에 못지않게 영향력을 떨친 여성 디자이너도 있다. 열두 살에 부모를 여의고 미시간주에서 자란 플로렌스 놀은 모더니즘 디자인의 선두 주자로 떠오르며 성 역할 고정관념에 맞섰다.

Q: 미드 센추리 모던 주택을 정의하는 요소는 무엇인가?

헤어 메탈

헤어 메탈은 1980년대 중반과 1990년대 초반에 헤어스프레이를 뿌려 풍성한 장발을 연출한 밴드가 연주하는 록 음악 장르를 가리킨다. 원래는 뮤지션들의 화려한 이미지를 비하하는 용어였지만 많은 헤어 메탈 밴드가 성공을 거두면서 부정적인 뉘앙스가 사라졌다. 록과 메탈의 하위 장르인 이 장르는 수많은 떠들썩한 비화와 매혹적인 플롯을 탄생시켰다.

Q: 헤어 메탈을 대표하는 뮤지션은 누가 있는가?

책 사인회에서 처음 보는 사람이 나에게 대뜸 물었다.

"실례지만, 아무래도 이 인물은 저를 모델로 삼은 것 같아서요. 정말 그랬나요?"

나는 흥미가 돋으면서도 얼떨떨한 기분으로 되물었다. "작중 인물에 공감해 주셔서 기쁜데요, 우리 초면 아닌가요?"

"네, 하지만 저는 예전부터 책에 등장하고 싶었거든요. 그런데 이 책에 딱 제가 있더라고요. 정확히 말하면, 전생의 제가요."

그 젊은 여성 독자가 가리키는 책은 《회색 세상에서》였다. 1941년 시베리아를 배경으로 한 소설이다.

"전생을 믿으시나요?" 독자가 속삭이듯 묻는다.

나는 눈썰미가 그리 뛰어나진 않지만, 그 독자의 말투와 몸짓을 보니 그녀가 어떤 인물을 자신과 동일시하는지 바로 알 수 있었다.

스위스 심리학자 칼 융은 인간의 무의식에 내재한 성격으로 12가지 원형(archetype)을 정의했다.

순수한 자, 탐험가, 마법사, 광대, 영웅, 창조자, 연인, 돌보는 자, 반항아, 지배자, 평범한 자, 현자

미국 작가 캐롤라인 미스는 이 이론을 확장하여 무려 70개가 넘는 원형을 제시했다. 그 목록을 참고해 이야기 속 인물을 구상할 수 있지만, 구체성과 리듬이 없으면 인물이 밋밋하고 납작하게 보인다.

리듬에 주목하자. 인간은 누구나 고유한 리듬을 지니고 있다. 우리는 누군가의 말투, 몸짓, 성격의 특정 리듬을 모방할 수 있다. 내 어머니는 실로 독특한 리듬을 지녀서 내 친구들이 곧잘 따라 하곤 했다. 어머니는 음성 메시지를 남기는 방식으로도 유명했다. 기본 구조는 다음과 같다.

"내 사랑, 나야. 〔끔찍한 소식 + 첨언〕 끊는다!"

내 사랑, 나야. 너희 중학교 대수학 선생님 기억하지? 글쎄, 어제 차고에서 스스로 불을 질러 돌아가셨다지 뭐야. 왜 하필 그렇게 끔찍하게 가셨을까. 끊는다!

내 사랑, 나야. 어젯밤에 펀데일에서 한 남자가 물침대에서 익사했대. 물침대 그거 아주 흉한 물건이야. 끊는다!

내 사랑, 나야. 우리 교회 오르간 연주자가 자기 차 트렁크에서 시신으로 발견됐대. 알고 보니 마약상이었다더라. 끊는다!

내 어머니의 리듬의 원형은 흉보의 전달자라고 할 수 있다. 모든 인간은 저마다 특성이 있다. 칠칠맞거나, 고집이 세거나, 수다스럽거나, 건강 염려증이 심하거나, 천진난만하거나……. 이러한 특성은 리듬, 말투, 습관에서 어떻게 드러날까? 어떤 장르의 글을 쓰든지 독자에게 인물이 지닌 개성을 보여주라. 설명하지 말고 보여주라.

설명하기: 켈시는 종잡을 수 없는 사람이었다.

보여주기: 켈시와 함께 지내는 것은 언제 폭발할지 모를 수류탄을 안고 사는 것 같았다.

인물을 구상할 때 앞서 다룬 플롯 질문을 고려해 보자. 인물이 원하는 바는 무엇인가? 걸림돌은 무엇인가? 어떤 꿈과 두려움을 품고 있는가? 인물이 걷고, 말하고, 결단을 내리는 모습을 상상해 보자. 소심한가, 활발한가? 충동적인가, 계획적인가? 명심하라. 구체성이 곧 진정성이다.

일반적: 테드는 스포츠를 좋아한다.
구체적: 테드는 인터넷을 뒤져 공식 피클볼[*] 대회를 찾았다.

일반적인 문장보다 구체적인 문장이 인물에 대해 더 많은 걸 알려 준다. 테드는 하고많은 스포츠 중에서도 피클볼에, 그것도 공식 대회를 찾아볼 만큼 푹 빠진 인물이다.

일반적: 짐보는 스포츠를 좋아한다.

---

[*]   테니스와 탁구, 배드민턴을 접목한 실내 스포츠 게임.

구체적: 짐보는 25년 동안 스틸러스의 홈 경기를 한 번도 놓친 적 없다.

단순히 인물이 스포츠를 좋아한다고 서술할 수도 있지만, 그보다 구체적으로, 피츠버그 스틸러스의 홈 경기를 놓친 적이 없다고 서술하면 훨씬 더 풍부한 장면이 연상된다. 아마 짐보는 스틸러스의 연고지인 펜실베이니아주에 살 것이다. 짐보의 집에는 스틸러스의 공식 굿즈로 꾸며진 공간이 있을지도 모른다. 짐보에게 일요일은 무조건 미식축구를 보는 날일 거다. 짐보는 유년 시절에 미식축구를 했을까? 가족들끼리 자주 경기를 보러 갈까? 옷장에 스틸러스의 유니폼이 있을까? 터치다운을 하는 꿈을 자주 꿀까?

이야기에서 인물에 관한 구체적인 정보를 삽입할 수 있는 곳을 찾아보자. 독자에게 인물이 지닌 고유한 리듬, 말투, 주변 환경, 동기를 부여하는 요소 등을 어떻게 보여줄 수 있을까?

구체적인 정보로 인물에 입체감과 뉘앙스를 더하면 독자가 인물을 실존 인물처럼 인식하거나 심지어 인물과 자신을 동일시할 수 있다. 모델은 어디에나 있다. 일 중독자, 게으름뱅이, 알코올 중독자, 천사 같은 사람, 방해꾼, 노예근성……. 당신은 이러한 원형을 알고 직접 만나 봤을 거다. 어떤 원형은 당신의 삶에 깊은 영향을 줬을 수도 있다.

그들의 리듬을 떠올려 보라. 당신은 이 책을 다 읽고 난 후에 단 한 문장도 기억하지 못할지언정 5년 만에 다시 듣는 노래는 정확히 따라 부를 수 있을 것이다. 멜로디와 리듬은 그만큼 강력하여 기억 속에 마치 포스트잇처럼 붙어 있다. 인간의 고유한 리듬도 같은 방식으로 작동한다.

그 기억들을 작업에 활용하라. 지난 인연과 현재의 인연을 다양한 각도에서 바라보라. 당신의 이야기에서 그들이 어떤 역할을 하는지 정의해 보라. 그리고 어떤 원형이 당신을 가장 잘 설명할 수 있는지 곰곰이 생각해 보라. 공감 가는 인물과 이야기를 만들려면 먼저 자기 자신을 잘 알아야 한다.

미국 심리학자 클라리사 에스테스는 저서《늑대와 함께 달리는 여인들》에서 이렇게 말했다.

"나가서 이야기들, 즉 삶이 당신에게 일어나게 하라. 그 이야기들을 가지고 작업하라. 그 이야기들이 피어날 때까지, 당신 스스로 활짝 피어날 때까지 피와 눈물과 웃음으로 물을 주라."

바로 이것이다. 당신의 이야기를 가지고 작업하라. 당신의 피와 눈물과 웃음으로 그 이야기에 물을 주라. 세상에는 그 이야기가 필요하다. 세상에는 더 많은 마음이 피어나야 한다.

몇 년 전 출판 기념회에서 한 참석자가 물었다.

"루타, 당신은 참 밝고 유쾌한 사람 같은데, 어떻게 그렇게 어두운 이야기를 그려내죠?"

흥미로운 질문이었다. 나는 어릴 때부터 비극적인 소설을 좋아했다. 십 대 때는 사촌과 사랑에 빠진 유부남의 이야기인 이디스 워튼의 《이선 프롬》을 읽고 깊은 감명을 받았다. 이루어질 수 없는 연인은 다음 생을 기약하며 언덕에서 썰매를 타고 나무에 부딪히는 방식으로 동반 자살을 꾀한다. 하지만 그마저 실패하고 만다. 나는 그 책이 마음에 쏙 들었다.

그 책을 읽은 것은 내가 아무도 날 이해하지 못한다고 선언

한 열두 살 즈음이었다. 이미 아홉 살 때부터 그렇게 느꼈지만 가족들에게 공식적으로 알린 것은 열두 살 때였다. 우리 가족은 그 시기를 나의 '갈색 챕터'라고 부른다.

나는 부모님께 열세 번째 생일을 맞아 인생의 새 챕터를 여는 의미로 내 방을 새로 꾸미고 싶다고 말했다.

부모님은 예산이 있느냐고 물었다. (이민자의 자녀에게 노력 없이 주어지는 것은 없다.) 나는 그동안 모은 용돈을 털어 넣겠다고 했다.

"그럼 좋다." 창의력 발산을 장려하는 부모님은 내 뜻을 받아들였다. 예술가인 아버지가 새 방의 디자인을 스케치해 주기로 했다.

"갈색이요!" 내가 요구했다. "모두 진한 갈색이어야 해요."

"초콜릿처럼?" 어머니가 물었다.

"아뇨. 똥처럼요. 전부 똥 같은 갈색이어야 해요."

똥 같은 갈색 방을 원하는 열두 살짜리가 상상되는가? 나는 서랍 안쪽까지 갈색으로 칠해야 한다고 고집을 부렸다. 은유가 넘치는 시기였다.◊

"갈색." 아버지는 고개를 끄덕였다. "좋아, 한번 시도해 보자."

아버지는 항상 아이들을 존중했고, 계획의 힘을 믿었다. 우리는 초록색 햄버거 팝아트 아래에 놓인 식탁에 앉아 의견을 주고받았다. 아버지는 마치 기업 이미지 쇄신을 원하는 고객과 미팅을 진행하듯이 노란색 노트 패드에 내 요구 사항대로 스케치했다. 모든 과정이 매우 격식 있고 흥미진진하게 느껴졌다.

나는 작업 일손을 돕는 것과 포인트 컬러를 주는 것에 동의했다. 포인트 컬러는 엷은 옥수수 색으로 결정됐다.

내 별난 새 방은 부모님의 취향인 미드 센추리 모던과 조화를 이뤄야 했는데, 쉬운 일은 아니었다. 담배 몇 개비와 커피 몇 잔을 소비한 끝에 아버지는 끝내주게 암울한 인테리어 디자인을 완성시켰다. 나는 뛸 듯이 기뻤다. 돼지 저금통을 통째로 바친 것이 조금도 아깝지 않은 걸작이었다.

그렇게 열세 살 생일을 맞아 내 방은 똥 같은 갈색으로 칠해졌다. 아버지가 침대 천장에 금속 트랙을 설치해 직접 만든 갈색 휘장까지 달아 주었다. 그 덕분에 나는 혼자만의 시간이 필요할 때마다 세상을 완전히 차단할 수 있었다. 벽에 독서등도 달아서 그 안에서 밤새 책을 읽고 글을 쓸 수 있었다.

한 이웃이 우리 집을 방문했다가 내 은신처를 보고 놀랐다.

⬦　인간의 기억과 무의식은 종종 서랍에 비유된다.

"어머, 여자애 방이 너무…… 칙칙한 것 아니니?"

"갈색 챕터거든요. 이해 못 하시겠지만." 내가 말했다.

"갈색?" 이웃이 떨떠름하게 되물었다.

"네, 진한 갈색이죠."

내 갈색 챕터는 몇 년 동안 이어졌으며 그 시절 일기에는 사춘기 특유의 감수성이 진하게 묻어난다.

나는 괴로움에 취해 글쓰기를 거부한다.

사랑이 진실인가, 진실이 사랑인가?

'설명하기'와 '보여주기' 식 인물 설정의 또 다른 예를 보자.

설명하기: 그녀는 우울한 10대였다.

보여주기: 그녀는 열세 살 때 자기 방 전체를 진한 갈색으로 칠했다. 서랍 안쪽까지도. 그녀는 자신의 은신처를 '똥 고치'라고 이름 붙였다.

내면의 진흙탕을 마음껏 파고들 수 있게 해 준 내 부모님께 경의를 표한다. 나는 이제 어두운 공간을 좋아하지 않는다. 천장이 높고 밝은 빛이 가득한 공간을 선호한다.

하지만 내 작품을 들여다보면 내 안의 우울한 10대가 아직 남아 있다. 슬픈 가정사, 비극적인 사랑, 쓰라린 결말로 이뤄진 이야기에 끌린다는 점에서 내 내면에는 여전히 갈색 페인트가 덕지덕지 묻어 있다. 나는 인생의 시련과 불완전함을 헤쳐나가는 인물, 외적으로 아름답지 않아도 누군가를 깊이 사랑할 능력을 지닌 인물에 끌린다.

때때로 유머와 익살은 영혼의 상처를 달래 준다. 아마 출판기념회 참석자가 말한 게 바로 그런 의미였을 거다. 나는 잘 웃는다. 특히 나를 곧잘 희화화한다. 미국 작가 앤 라모트가 말했듯이, 웃음은 탄산이 함유된 거룩함이다. 그래서 나는 신에게 화답하듯이 기꺼이 웃음거리를 자처한다. 우리의 우스꽝스러움이 즐거운 소란을 일으킬 수 있음을 아니까. 만약 내 옛 이웃이 우리 동네를 회상한다면 이렇게 말할지도 모른다. '참 별난 이웃이 많았지! 원숭이 키우던 집 기억나? 오싹한 갈색 방에 틀어박혀 살던 여자애는?'

우리는 모두 인생의 여러 단계를 거친다. 어린시절의 챕터는 현재의 자신 안에 남아 있다. 그 점을 고려하며 인물을 구상하자.

당신이 그리는 인물은 인생의 어떤 챕터에 있는가? 그 인물의 책장에는 무슨 책이 꽂혀 있는가? 어릴 때 무슨 책을 사랑했는가? 깊이 공감하는 책 속 인물이 있는가? 어떤 잡지를 구독하는가? 책을 사서 읽는가, 도서관에서 빌려 읽는가? 과거의 어떤 사건이 현재에 영향을 미치는가?

당신은 어떤가? 책 속 인물에 깊이 공감한 적 있는가? 그 이유는 무엇인가? 그 인물의 어떤 면을 자신에게서 볼 수 있는가?

누구나 인생에 갈색 챕터가 있다. 그중 일부는 너무 괴롭거나 충격적이어서 되돌아보기 힘들 수도 있다. 감당할 수 있다면 파고들고, 안 되겠다 싶으면 피하라. 항상 자신의 정신 건강을 우선하라.

세월이 흐르면서 우리는 다른 고도에서 좀 더 유연하게 갈색 챕터를 바라볼 수 있게 된다. 그럴 때 우리는 지난 고투 속에서 의미를 발견하고 새로운 힘을 얻을 수 있다. 또, 당시에는 너무 심각하고 벅찼던 일들이 그저 엉뚱해 보일 수도 있다.

똥 고치처럼 말이다.

인물에게는 개성과 리듬뿐 아니라 행동과 결단의 계기가 되는 과거가 있다. 인물의 과거는 독자가 인물을 이해하고 맥락을 파악하는 바탕이 된다. 또한 플롯에 훌륭한 갈등 요소를 더할 수 있다. 우리의 인생도 다르지 않다.

　내 경험으로 설명하겠다. 내 부모님은 여행이 아이들의 정서 발달에 좋다고 믿어서 휴가 때마다 우리를 데리고 다녔다. 내가 다섯 살 때 어머니는 영국 귀족 로널드 그레이엄 경이 소유한 자메이카 별장을 빌렸다. 로널드 경은 당시 카리브해 일대에서 꽤 거물이었고, 맨슨 패밀리와 매릴린 먼로에게 별장을 임대한 것으로도 유명하다. 아무튼, '여행 업계에 종사하는 누군가'가 어머니에게 로널드 경을 연결해 줬다고 한다.

다소 의뭉스럽게 들리겠지만, 앞서 말했듯이 내 부모님은 둘 다 파란만장한 어린시절을 겪었다. 그들은 생존자이자 개척자였고, 각계각층의 인물과 연을 맺었다.

우리는 11월에 쌀쌀한 디트로이트를 떠났다. 조부모님, 부모님, 우리 세 남매까지 모두 일곱 명이었다.

할머니가 당시 인기 시트콤 〈패트리지 패밀리〉 스타일로 우리의 여행용 맞춤 옷을 지어 주었다. 멋진 터틀넥 스웨터와 타이츠, 두꺼운 모직 외투를 입고 화창한 자메이카로 떠나면서 나는 잔뜩 신이 났다. 내 첫 비행이었다. 디트로이트에서 마이애미를 경유해 오초 리오스로 가는 여정이었다.

승무원을 스튜어디스라고 부르던 시절이다. 에어 자메이카의 기내 중앙에는 황금색 칵테일 바가 있었다. 좌석 팔걸이마다 재떨이가 내장돼 있어서 승객들은 비행 중에 줄담배를 피울 수 있었다. 안전띠? 그런 건 선택사항이었다. 에어 자메이카는 그들의 시그니처 칵테일인 럼 뱀부즐을 대대적으로 홍

♦ 　 20세기 최악의 살인마라고 불리는 미국의 연쇄 살인범 찰스 맨슨이 이끌었던 범죄 집단을 가리킨다.

보했다. 내 할아버지와 아버지는 누구보다 먼저 돈을 내밀었을 분들이지만, 그럴 필요 없이 모든 음료는 무료로 제공됐다.

마이애미를 뒤로하고 모든 승객이 즐거운 시간을 보냈다. 기내에 남국풍 음악이 울려 퍼지자 승무원들이 트로피컬 패션쇼를 시작했다. 그들은 좌석 사이 통로를 런웨이 삼아 바캉스 필수품들을 선보였다. 흥겨운 분위기가 이어졌다.

어느 순간까지는.

갑자기 비행기가 선회하며 하강하기 시작했다. 벌써 착륙인가? 통로석에 앉은 어머니가 고개를 내밀었다. "저 사람 지금 뭐 하는 거야?" 한 승무원이 중앙 통로에 엎드려 주황색 카펫을 뜯어내고 있었다.

멋진 승무원들과 화려한 바, 즐거운 승객들 너머에는 우리가 모르는 사실이 숨어 있었다.

마이애미에서 이륙할 때 착륙 장치의 타이어 하나가 터졌고, 그 파편이 엔진으로 날아 들어가 손상을 일으켰다. 승객들이 한창 트로피컬 패션쇼를 즐길 때 조종사는 바다에 연료를 방출하고 비상 착륙을 준비하고 있었다.

패션쇼가 갑작스럽게 끝나고, 안내 방송이 찌지직거리며 흘러나왔다.

"어린이를 동반한 경우 〔삐-익〕에 앉히고 〔삐-익〕으로 덮어 주세요. 착용 중이신 안경과 틀니를 빼고 허리를 굽혀〔삐-익〕을 다리 사이에 넣으세요. 충격에 대비하세요."

충격에 대비하세요? 정말 기장이 그렇게 말했나? 안내 방송은 음향 하울링 현상 때문에 알아듣기 힘들었다.

모든 일이 순식간에 일어났다. 이게 흔한 일인가? 비행기를 처음 타 본 나로서는 알 도리가 없었다. 할아버지와 아버지는 리투아니아어로 공산주의에 관해 열띤 대화를 나누느라 불분명한 안내 방송을 흘려들었다. 하지만 일부 승객은 겁에 질린 표정이었다. 기체는 한쪽으로 기울다가 어느 순간 쿵 내려앉았고, 끼익하고 찢어지는 듯한 소리와 함께 길게 미끄러지더니…… 멈췄다. 승객들은 환호와 박수를 터뜨렸다. 와, 비행은 정말 짜릿한 경험이구나!

그날 신문 보도에 따르면 조종사들은 기체를 비스듬히 기울여 먼저 한쪽 뒷바퀴로 착륙한 뒤 동체를 조심스럽게 내려 활주로에 미끄러뜨렸다. "승객들은 다소 겁에 질렸으나 상당히 침착했다"라고 보도는 덧붙였다.

자메이카의 수도 킹스턴에서 내리자 에어 자메이카 직원들은 모든 승객에게 작은 럼주 한 병을 나눠줬다. 다섯 살짜리 나에게도.

"고생 많았다, 얘야."

소방차와 구급차가 빨간 불빛을 번쩍이며 활주로에 늘어서 있었다. 강한 연료 냄새와 정신없는 분위기 속에서 모직 외투와 터틀넥 스웨터를 껴입은 나는 너무 어지럽고 더웠다.

다음 기억은 오초 리오스에 있는 로널드 경의 별장으로 향하는 차 안이다. 뒷좌석에서 어머니가 내 머리를 쓰다듬으며 괜찮냐고 물었다. 나는 고개를 끄덕였다. 네, 괜찮아요. 그러고는 곧바로 토했다. 어른들은 멀미 때문이라고 했다.

그 후로 나는 비행기를 탈 때마다 멀미약을 먹고 기절하듯 자야 했다. 하지만 정말 그게 멀미였을까? 나는 비행기가 지상에 있을 때도 조금만 연료 냄새가 나면 속이 메스껍고 숨을 잘 쉬지 못했다.

과거의 일: 어린시절에 생긴 비행 트라우마.

과거에 있었던 일은 우리의 삶 전체를 관통한다. 우리가 그리는 인물의 삶도 마찬가지다. 과거사는 돌발 상황과 난관을 제시하며 이야기를 풍성하게 한다. 비행 트라우마라는 과거는 내 삶에 갈등 요소들을 더했다.

그렇게 세월이 흘러 대학 시절, 나는 1년 동안 프랑스에서 공부했다. 늘 주머니가 빠듯했지만 유학 생활은 즐거웠다. 한

해가 끝나갈 무렵, 나는 졸업 전 마지막 여름을 파리에서 보내고 싶다는 꿈을 품었다. 그 꿈을 이루려면 돈을 벌어야 하는데, 아무 자격도 없는 미국인이 파리에서 일자리를 찾고 취업 비자를 받기는 무척 어려웠다. 그러던 중 학교 지도교수가 나에게 영어 원어민을 구하는 일자리를 소개해 줬다. 나는 망설임 없이 "제가 할래요!"라고 외쳤다.

성급한 결정은 좋은 갈등을 유발한다. 내가 제안받은 파리의 일자리는 에어 프랑스의 지상직으로, 오를리 공항에서 리비아와 알제리로 향하는 새벽 5시 항공편 담당이었다.

이게 무슨 잔인한 운명의 장난인가? 나는 파리에서 여름을 보내고 싶었다. 그러려면 돈을 벌어야 했고, 그러려면 수많은 시간을 비행기들에 둘러싸여 보내야 했다. 상상만으로 얼굴이 누렇게 떴다.

이야기를 구상할 때, 결단을 내려야 하는 상황에 인물을 몰아넣어 보자. 인물에게 도전 과제를 제시하는 과거가 있다면 선택지와 갈등 요소가 생길 것이다.

당시 나에게는 어떤 선택지가 있었을까?

일단 나는 미시간주로 돌아가 익숙한 일로 돈을 벌 수 있었다. 고향에서의 내 주된 일터는 도미노 피자였다. 한때는 텔레마케터로 보일러 유지 보수 서비스를 판매하기도 했다. 그래,

나는 그런 일자리로 돌아갈 수 있었다.

아니면 파리에 머물 수도 있었고. 여름 내내 욕지기와 씨름하면서.

내가 어느 길을 선택했을까?

독자는 작중 인물이 진짜처럼 느껴지면 인물의 과거사를 이해하고, 앞으로 닥칠 난관을 예상하며, 인물의 의사 결정에 몰입하게 된다. *오, 파리! 잠깐. 오, 이런…… 이런 사람이 어떻게 항공사에서 근무하겠어? 그건 무리지.*

결국 나는 항공사에서 근무했다.

당시 내가 에어 프랑스의 군청색 유니폼을 입고 동료들과 함께 승무원 라운지에서 찍은 사진은 생생한 현장감을 전달한다. 활짝 열린 창문 너머의 게이트마다 비행기들이 늘어서 있다. 머리 위로 제트 엔진의 굉음이 지나가며 우리가 앉은 의자와 테이블을 진동시킨다. 우리는 모두 제트 연료 냄새에 절어 있다.

당신의 삶에는 어떤 과거가 얽혀 있는가? 첫 직장은 어디였고, 그곳에서 누구를 만났는가? 다시 만나고 싶은 사람이 있는가? 내심 트럭에 깔려 죽기를 바라는 사람은? 그들의 성격적 특징을 인물 설정에 반영할 수 있는가? 일터나 공공장소에서 울어본 적이 있는가? 별난 인턴십을 경험한 적이 있는가? 일터에서 도망친 적이 있는가? 학교나 직장에서 갈등을 겪은 적이 있는가?

명심하자. 과거사는 인물에게 도전의 기회와 함께 성장의 기회도 제공한다.

영국 작가 G. K. 체스터턴은 이렇게 말했다. "동화는 진실한 이야기다. 용들이 존재한다는 걸 알려주기 때문이 아니라, 용들도 물리칠 수 있다는 걸 알려주기 때문이다."

과거 또한 물리칠 수 있다. 그러한 승리는 눈부시게 아름답다.

정말이지 찬란한 여름이었다.

○ 멀거나 가까운 인연을 떠올려 보라. 글쓰기에 영감을 주는
사람이 있는가?

○ 현재 자신의 모습에서 어린시절의 어떤 모습을 볼 수 있는
가? 당신이 구상하는 인물은 어린시절의 어떤 모습을 여전
히 간직하고 있는가?

○ 당신이 구상하는 인물은 특정 원형에 해당하는 인물인가?
(뱀파이어? 현자? 구세주?) 아니면 어떤 원형으로 특정 지을
수 없는 인물인가?

○ 인물에 리듬을 불어넣을 수 있는 곳을 찾아보라.

○ 설명하기 대신 보여주기 방식으로 인물을 묘사하라.

○ 한때는 심각하게 느껴졌지만 지금은 우습게 느껴지는 삶의
요소가 있는가? 당신이 구상하는 인물이 지나치게 과몰입
하는 요소가 있는가?

○ 당신이 구상하는 인물은 인생의 어떤 단계 또는 챕터를 지나고 있는가?

○ 구체성이 곧 진정성이다. 인물을 설명할 때 뭉뚱그리지 말고 디테일을 살려라.

○ 당신과 지인들의 과거를 돌아보라. 과거에 어떤 도전 과제, 행운, 돌발 상황이 도사리고 있는가?

○ 어린 시절을 떠올려 보자. 아직도 생생하게 남아 있는 경험이 있는가? 즉각적인 감정이나 기억을 불러일으키는 소리나 냄새가 있는가? 그것들을 구체적으로 적은 다음 어느 인물의 과거에 어떻게 반영할 수 있는지 고려해 보자.

○ 전직 마술사인 학교 관리인의 이야기를 쓰고자 한다. 이 인물의 디테일과 과거를 상상해 목록으로 적어 보자. 그 내용이 플롯에 어떤 영향을 미칠까?

○ 다음 '설명하기' 방식의 서술을 '보여주기' 방식으로 다시 써 보자.

조는 몹시 긴장했다.

추운 날이었다.

그는 춤추는 걸 좋아하는 것 같았다.

○ 한 인물이 고등학교 주차장에 차를 세운 후 내리지 않는다. 무슨 이유일까? 이 인물이 겪었을 법한 과거의 일 3가지를 적어 보자.

○ 칼 융의 12가지 원형(순수한 자, 탐험가, 마법사, 광대, 영웅, 창조자, 연인, 돌보는 자, 반항아, 지배자, 평범한 자, 현자)을 참고하여 지난 경험과 인연을 돌아보고 나만의 원형 6가지를 더 만들어 보자.

칼 융

자신이 내향형인지 외향형인지 따져 본 적 있는가? 자신의 꿈을 해석해 본 적 있는가? 그렇다면 스위스 심리학자 칼 융의 아이디어를 활용한 것이다. 칼 융은 분석 심리학의 창시자이자 성격 유형 이론을 발전시킨 인물이다. 그는 인간의 무의식, 원형, 상징, 패턴, 심상, 꿈 등을 통해 우리의 마음이 어떻게 작동하는지 탐구했다.

Q: 칼 융의 심리학에는 '그림자 원형'이라는 개념이 있다. 여기서 그림자는 무엇을 의미하는가?

맨슨 패밀리

맨슨 패밀리는 로스앤젤레스의 집단 기억에 깊은 상흔을 남겼다. 연쇄살인범 찰스 맨슨이 이끌던 이 악명 높은 범죄 집단에는 평범한 교외 출신 여성들을 비롯해 다양한 인물이 연루되었다. 그들이 저지른 범죄 행각은 이루 다 헤아릴 수 없지만, 1969년 '로만 폴란스키가(家) 살인 사건'이 가장 유명하다.

Q: 맨슨 패밀리의 구성원은 몇 명이고 살인죄로 유죄 판결을 받은 사람은 몇 명인가?

이디스 워튼

뉴욕 상류층 가정에서 태어난 이디스 워튼은 누군가의 아내가 아닌 소설가가 되기를 갈망했다. 하지만 그의 어머니는 딸의 꿈과 모험심을 끝내 반대했다. 워튼은 어머니가 세상을 떠난 지 1년 뒤인 마흔 살에 첫 소설을 발표했고, 이후 《순수의 시대》, 《환락의 집》, 《이선 프롬》 등 주옥같은 작품들을 선보였다. 그는 여성 최초로 퓰리처상을 받았으며 미국 예술 문학 아카데미 정회원으로도 선정되었다.

Q: 글쓰기 외에 이디스 워튼의 주목할 만한 재능은 무엇인가?

파트리지 패밀리

1970년대 미국 인기 시트콤 〈파트리지 패밀리〉는 한 홀어머니가 음악적 재능을 지닌 다섯 남매와 함께 낡은 스쿨버스를 타고 순회공연을 다니는 내용을 담고 있다. 이 가상의 가족은 1971년 그래미 어워드에서 최우수 신인 아티스트 후보에 올랐지만 실제로는 배우 중 단 두 명만이 음반 녹음에 참여했다고 한다.

Q: 파트리지 패밀리에 출연해 10대들의 우상으로 등극하며 초절정 인기를 누렸던 인물은 누구인가?

보이스

3

보이스는 이야기의 구성 요소 중에서 가장 규정하기 까다로운 요소다. 보이스란 뭘까?

보이스는 작품에 드러나는 뚜렷한 특색과 고유의 스타일이라고 할 수 있다. 우리는 종종 어떤 곡의 한 소절만 들어도 그 곡을 누가 불렀는지 알 수 있다. 마찬가지로 어떤 그림을 보면 누가 그렸는지(반 고흐? 키스 해링? 조지아 오키프?), 어떤 건축물을 보면 누가 설계했는지(프랭크 게리? 가우디? 프랭크 로이드 라이트?) 알 수 있다. 그 특유의 정체성이 바로 보이스다.

이렇게 상상해 보자. 집에 도착하니 부엌 조리대에 편지 세 통이 놓여 있다. 한 통은 할머니, 한 통은 절친한 친구, 한 통은 이웃에게서 온 것이다. 모두 타자기로 작성됐고 서명도 없지만, 당신은 각 편지를 몇 줄만 읽어도 발신자가 누구인지 쉽게 알 수 있다. 그 몇 줄 안에 글쓴이의 보이스가 뚜렷하게 드러나기 때문이다.

보이스는 크게 작가 보이스, 화자 보이스, 장르 보이스 세 가지로 나타난다.

작가 보이스

어떤 작가들에게는 작품마다 일관되게 드러나는 독특한 문장 구조와 전달 방식이 있다.

예: 제인 오스틴, 앨리스 워커, 닥터 수스, 로알드 달.

화자 보이스

작가는 화자 또는 주인공에게 강렬한 보이스를 부여하기도 한다.

예: 사파이어가 쓴 《푸쉬》의 주인공 프레셔스, 마커스 주삭이 쓴 《책도둑》의 화자 죽음의 신, J. D. 샐린저가 쓴 《호밀밭의 파수꾼》의 주인공 홀든 콜필드.

보이스는 리듬으로도 표현할 수 있다.

내 사랑, 나야. 소파 쿠션 밑에서 죽은 쥐가 나왔지 뭐야. 상한 감자 샐러드 냄새가 나더라. 끊는다!

내 어머니의 보이스에 담긴 리듬을 알아보겠는가?

강렬한 보이스의 또 다른 예로는 블라디미르 나보코프가 쓴 《롤리타》가 있다. 도입부의 어조, 분위기, 운율이 인상적이다. 천천히 소리 내어 읽어 보자.

롤리타, 내 삶의 빛이자 내 중심의 불꽃. 나의 죄, 나의 영혼. 롤-리-타. 혀끝이 입천장을 거닐다 세 걸음째에서 앞니를 살짝 건드린다. 롤. 리. 타. 아침에 양말 한 짝만 신고 서 있는 4피트 10인치의 그녀는 로, 그냥 로였고, 바지를 입으면 롤라였다. 학교에서는 돌리. 서류상으로는 돌로레스. 그러나 내 품 안에서는 언제나 롤리타였다.

화자의 보이스가 너무 생생해서 마치 그가 앙상한 나무의 좁다란 그늘에서 탁한 음성으로 직접 이야기를 들려주는 것 같다.

어떤 작가는 특정 장르에서 뛰어난 두각을 드러내어 해당 장르의 대명사가 되기도 한다.

스티븐 킹: 서스펜스, 초자연, 호러의 보이스.

토니 모리슨: 미국 현실과 흑인 문화의 보이스.

애거사 크리스티: 추리의 보이스.

메리 올리버: 자연주의의 보이스.

보이스는 구두점, 시점, 어휘 선택, 문장 구성, 여백 등 다양한 요소를 통해 만들어지기도 한다.

보이스 예시 1

죄책감에 시달리던 마시 마셴질은 자신의 임박한 죽음이 실은 인과응보가 아닐까 하는 의혹, 나아가 믿음을 품게 되었다.

화자의 보이스가 어떤가? 시점은 3인칭 전지적 작가 시점이다. 다소 긴 문장과 딱딱한 어휘 선택에 권위적인 성격이 드러난다.

보이스 예시 2

엄마는 죄책감에 시달렸다. 정말이지 빌어먹게 시달렸다.

위의 화자의 모습이 상상되는가? 1인칭 시점이고, 허물없는 말투에 짜증이 묻어난다. 화자가 고개를 절레절레하거나 눈을 굴리는 모습이 연상된다. 삶에 지친 사람이나 좌절에 빠진 청소년일 수 있다.

보이스 예시 3

죄책감이 내 뒤를 쫓고 있다.

보이스를 확립하기 위해 장황하게 서술할 필요는 없다. 미국 작가 커트 보니것이 증명했듯이 간결함은 강렬한 효과를 낼 수 있다.

예시 3은 내 소설《아무도 기억하지 않는》의 첫 문장이다. 나는 고요한 어둠, 화자와 시점에 대한 미스터리한 분위기를 연출하고 싶었다. 몰락을 맞이하기 전 최후의 고백처럼 들리게끔 말이다.

내 작품은 흔히 '숨겨진 역사의 보이스'라는 장르 보이스로 묘사된다. 나는 장르와 상관없이 글을 쓸 때 문장의 경제성을 추구한다. 가능한 한 간결한 문장에 핵심을 담으려고 노력한다. 음악 프로듀서들은 종종 곡에 힘을 실으려고 악기 음을 겹겹이 쌓는데, 늘 효과가 있는 것은 아니다. 때로는 악기 없이 담백한 목소리만으로 더 큰 울림을 줄 수 있다.

이제껏 살펴본 바와 같이, 보이스는 매우 탄력적인 요소다.

보이스는 특색이다.

보이스는 여백 또는 여백의 부족이다.

보이스는 구두점 또는 리듬 또는 운율이다.

보이스는 우리를 편안하거나 불안하게 한다.

보이스는 우리를 이야기에 끌어들이고 머무르게 한다.

보이스는 화자의 이미지를 떠올리게 하며 때로는 머릿속에 후렴구처럼 반복될 만큼 강력한 요소다.

당신의 인생에서 뚜렷한 보이스나 스타일을 지닌 사람이 있는가? 당신을 괴롭히는 과거의 보이스가 있는가? 주변에 '전화 말투'가 평소 말투와 다른 사람이 있는가? 사석에서와 공석에서의 태도가 다른 사람이 있는가? 조언자와 방해꾼을 말투로 구분할 수 있는가? 그중 한 명과 대화를 나누고 있다고 생각하고 대화문을 작성해 보자. 그 사람과 나의 보이스에 어떤 차이가 있는가?

보이스는 인상적인 요소다. 그리고 보이스의 토대는 자기감각이다. *당신*은 인상적인 사람이기 때문이다.

그렇다. 사실 자신이 흥미롭지 않다고 느끼는 사람들이 훨씬 더 흥미로운 경우가 많다. 겸손해서 그렇지 않다고 생각할 뿐이다. 그들은 자신보다 다른 사람에게 더 주목한다.

자기감각은 내면을 마주할 때 얻을 수 있다. 당신은 어떤 사람인가? 인생이라는 이야기 속에서 어떤 사람이 되고 싶은가? 이 책을 집어 든 이유는 무엇인가? 글쓰기에 관심이 있다면 그 이유는 무엇인가? '왜'를 파고들자. 내면의 보이스에 귀를 기울이자. 또한, 다른 사람이 당신이나 당신의 삶의 경험에 대해 어떻게 말하는지 들어보자. 그들의 묘사가 정확한가, 아니면 크게 빗나갔는가? 듣고 기분이 어땠는가? 내면의 보이스를 흡혈귀, 순수한 자, 영웅, 무법자 등의 원형으로 상상해보자. 어떻게 들리는가?

인내심을 가지고 내면의 보이스를 탐구하자. 내가 초창기에 쓴 소설은 아동 추리 소설이었다. 한 공모전에서 긍정적인 평가를 받은 뒤 한 출판사가 관심을 보였다. 나는 대리인이 필요하다고 판단해서 평소 존경하던 문학 대리인에게 문의했고, 그는 우선 읽어 보겠다며 원고를 요청했다. 긴장한 나는 내 역량을 더 보여주고 싶은 마음에 원고와 더불어 당시 작업 중인 역사 소설의 다섯 페이지를 함께 끼워 보냈다. 얼마 후 문학 대리인의 답이 왔다. 아동 추리 소설은 잘 쓰였지만, 이미 시장에 비슷한 작품이 많다는 것이었다.

내가 끼워 보낸 다섯 페이지는? 그는 그 이야기가 독특하고, 숨겨진 역사에 대한 내 열정이 와닿는다며, 아동 추리 소설 대신 그 이야기를 발전시켜 보라고 제안했다.

나는 이미 아동 추리 소설을 완성했고, 한 출판사에서 관심을 보였다. 몇 년을 투자한 작업이었다. 어쩌면 좋을까?

나는 그 책을 제쳐두고 2년 동안 역사 소설을 집필했다. 그리고 내 인생이 바뀌었다. 내 진정한 보이스는 역사 소설에 있었던 것이다.

초창기에 모방을 통해 보이스를 탐구하는 것은 자연스러운 일이다. 나는 로알드 달을 사랑하기 때문에 내 첫 책은 그를 모방하려는 시도였다. 당신도 습작과 탐구를 통해 스스로 편안하게 공명하는 스타일을 찾을 테고, 그 스타일이 무르익을 것이다. 몇 년이 걸릴 수도 있다. 전부 버리고 다시 시작해야 할 수도 있다. 하지만 그만한 가치가 있다. 그 과정에서 당신은 글을 쓰는 이유와 목적을 찾게 될 것이다.

당신만의 보이스를 찾게 될 것이다.

자기만의 보이스를 찾고 개발하기란 쉽지 않다. 때로는 자존심이나 자기 삶을 바라보는 관점이 보이스를 좌우하기도 한다. 어떤 사건을 누군가는 실패로 해석하고 누군가는 탐구 과정으로 해석하는 것처럼 말이다.

나는 두 가지 관점을 모두 경험했다. 당신은 어떤가? 실패와 탐구 중 어느 쪽에 더 큰 의미를 부여하는가? 늘 독창적이었는가? 아니면 누군가를 모방한 적 있는가?

나는 초등학교 4학년 때 나에게 남다른 보이스가 있다는 걸 깨달았다. 문학적인 보이스는 아니다. 가족들은 '악마의 목소리'라고 불렀다.

나는 성대모사에 능했다. 남의 목소리를 듣고 그 음색과 리듬을 파악하여 완벽하게 흉내 낼 수 있었다. 어머니는 크게 감탄했다. "놀라운 재능이구나!"

그 재능으로 집에 온 손님들에게 크게 주목받았던 기억이 생생하다. 이따금 어머니는 독서 중이던 나를 남몰래 거실 화분 뒤에 앉혔다.

"내가 신호를 주면 '그 목소리'를 내렴."

어머니가 라이터로 담뱃불을 붙이는 것으로 신호를 주면, 나는 목청을 높여 우렁차게 포효했다. 그러고 나서 거실로 나가 인사를 했다. 손님들은 양 갈래머리를 한 여자아이가 그런 괴수 같은 소리를 냈다는 사실에 놀라움을 금치 못했다. 매번 어둡고 걸걸한 목소리만 낸 건 아니었지만, 어쨌거나 여자아이에게서 나올 만한 목소리는 아니었다.

당시는 유선 전화기만 있던 시절이었다. 전화기에 발신자 번호 표시 기능도 없어서 전화가 오면 누군지도 모르고 받아야 했다. 어머니는 툭하면 나에게 장난 전화를 걸게 했다. 내가 부엌 전화기로 전화를 걸면 어머니는 안방 전화기를 집어 들고 통화 내용을 엿들었다. 한 번은 자동차 대리점에 전화를 걸어 여든한 살의 나이에 복권에 당첨되어 트럭을 한 대 사려는 번이라는 노인 흉내를 냈다. "그래요, 오늘. 현금으로. 이따가 돈 싸 들고 갈 테니 샴페인도 준비하시구려." 물론 번은 영영 그 대리점에 나타나지 않았다.

아버지가 디자인 회사에서 밤늦도록 일하는 동안 어머니는 나를 부추겨 이모, 이웃들, 심지어 내 선생님에게까지 장난 전화를 걸게 했다. 아무도 나라고 의심하지 못했다.

어머니는 그 실없는 사기극을 무척 좋아했고, 나는 어머니의 호탕한 웃음소리에 고무되곤 했다.

그러다 열세 살 때, 나는 내 풍성한 목소리로 누군가에게 저주를 내리거나 사기를 치는 대신 노래를 해 보기로 했다. 어머니는 지역 신문 광고면을 훑어보며 내 보컬 코치를 찾았다. "노래를 잘하려면 성대를 잘 다뤄야 한대."

나는 기대감에 잔뜩 부풀었다. 라디오에서 듣는 노래들을 멋지게 부르고 싶었다. 하지만 우리 지역에서 찾을 수 있는 유일한 보컬 코치는 디트로이트 메트로폴리탄 오페라 소속 성악가뿐이었고, 그렇게 나는 얀 선생님을 만나게 된다. 악마의 목소리가 가극풍 목소리로 변하는 시점이다.

때는 한창 갈색 챕터였다. 숄을 두른 오페라 가수가 오페라 대본을 잔뜩 들고 똥 고치 속에 살던 열세 살짜리를 찾아왔다.

오페라는 이야기다. 그것도 매우 극적인 이야기. 그리고 나는 매우 극적인 십 대였다. 흘러넘치는 감수성이 멜로디를 만났다고 상상해 보라. 우리 가족이 느꼈을 괴로움이 상상이 되는가?

오페라 속 인물들은 금지된 사랑에 빠지고, 서로를 죽이거나 배신하고, 죽었다가 살아나기도 한다. 게다가 그들은 보석 박힌 구두와 풍성한 드레스 차림을 하고 있다. 장면 장면이 장엄함 그 자체이다.

얀 선생님은 얼마간 내 성대모사를 참아주다가 곧 나에게 가장 잘 맞는 음역을 찾도록 밀어붙였다.

우리는 의견이 갈렸다. 나는 낮은 음역이 더 편해서 알토를 선호했다. 내가 라디오를 들으며 즐겨 따라 부르던 노래는 대부분 남자 가수의 노래였다. 얀 선생님은 내가 내는 낮은 목소리가 내 진짜 목소리가 아니라 흉내 내는 목소리라고 지적했다. 하지만 나는 성대모사를 하도 오래 하다 보니 그게 내 고유한 목소리라고 생각했다.

"넌 개인기 이상의 재능을 지니고 있단다."

얀 선생님의 말은 사춘기 아이의 자존심을 찔렀다. 어머니는 그 말에 전적으로 동의하며 날 더욱 자극했다. 모방은 쉽고 독창성은 깊고 복잡하다며, 근성이라는 자질이 필요하다고 말이다.

근성? 나한테 근성이 부족한가? 내 아버지는 조국을 잃고 난민촌에서 9년을 보냈다. 내 어머니는 가족이라는 나침반을 잃고 수십 년 동안 고생했다. 근성은 유전 아닌가?

어머니는 내 성대모사를 이용하여 신나게 장난 전화를 시킬 때는 언제고 이제 와서 왜 갑자기 독창성을 강조하지? 나는 내가 실패자라고 확신하며 오페라를 크게 틀어 놓고 똥 고치 속에 틀어박혔다.

얀 선생님은 한 이탈리안 와인바에서 정기적으로 공연했다. 부모님을 졸라 방문한 그 담배 연기 자욱한 바에서 나는 독창성의 진가를 실감했다.

얀 선생님은 독창성 그 자체였다. 콜로라투라 소프라노인 그녀는 세상에서 가장 아름다운 새처럼 노래했다. 1970년대에 홀로 아이를 키우면서 주위의 손가락질에도 굴하지 않고 결혼 여부와 관계없는 호칭인 미스(Ms.)로 스스로를 칭했다. 그녀는 탄탄한 감성과 풍부한 표현력으로 뱃머리에 선 비극의 주인공처럼 아리아를 열창했다.

그 모습은 무대용 페르소나가 아니었다. 얀 선생님은 늘 검은색 레이스 부채를 들고 다녔다. 무대 위에서의 모습은 우리 집의 값싼 피아노 앞에서의 모습과 다르지 않았다. 풍성한 검은 머리, 큐빅 머리핀, 빨간 립스틱, 검은 스타킹, 앞코가 트인 구두, 온몸이 땀으로 흠뻑 젖을 만큼의 열정까지. 나는 그녀의 노래를 들으며 땀과 눈물을 모두 흘렸다. 얀 선생님의 독특한 목소리는 독창성을 대변했다. 그녀는 내가 나만의 목소리를 찾도록 격려했다.

나는 중학교, 고등학교를 거쳐 성악 장학생으로 대학교에 입학할 때까지 얀 선생님의 지도를 받았다. 그녀는 내가 공연할 때마다 부채를 나비처럼 펄럭이며 참석했다. 나는 결코 미국에서 상업 공연을 할 수준에는 이르지 못했지만, 한 주류 유통업체가 주관한 행사에서 캐나다 국가를 부른 적은 있다.

이 모든 이야기를 한마디로 강조하자면, 보이스는 여정이다.

미국 작가 앤 패칫은 언젠가 이렇게 말했다. "첼로 연주는 끝없는 연습이 필요한데, 왜 글쓰기는 영감만 있으면 된다고들 생각할까?"

보이스도 마찬가지다. 나만의 보이스를 찾으려면 탐구, 실패, 성공, 노력, 근성, 그리고 무엇보다 감정적 경험이 필요하다. 작가의 초창기 보이스는 모방의 색을 띠곤 한다. 하지만 진정한 보이스는 이미 개인의 경험과 기억 속에 깊숙이 자리잡고 있다. 그것은 오래된 일기장의 보이스, 절망의 보이스, 아무도 듣지 않았으면 하는 보이스일 수도 있다. 작가에게 나이는 자산이다. 삶의 경험은 보이스에 깊이와 질감을 더한다.

앞으로도 이야기하겠지만, 내 보이스는 찬란한 실패로 이뤄져 있다. 나는 성악 장학생에서 경영학 전공자로 변신하여 파리에서 파산하고, 할리우드에서 바닥을 치고, 끔찍한 결정들을 내린 끝에 내 길을 찾았다. 그 모든 과정에서 한때 실패라고 여겼던 것들이 사실은 진정한 보이스를 얻는 여정이었음을 배웠다.

부디 인생에서의 실패를 무시하지 말라.

실패는 나침반이다.

실패는 자아실현이다.

실패는 성공의 전제조건이다.

실패는 당신을 진정한 보이스로 이끌어 줄 것이다.

○ 보이스는 작품에 드러나는 뚜렷한 특색, 고유의 스타일과 분위기다.

○ 한눈에 알아볼 만큼 독특한 문체를 지닌 작가를 떠올려 보라. 그 문체를 돋보이게 하는 요소는 무엇인가?

○ 당신의 인생에서 특유의 보이스나 분위기를 지닌 사람이 있는가? 그 사람과 관련해 어떤 기억이 있는가?

○ 보이스는 구두점, 시점, 어휘 선택, 문장 구성, 여백 등 다양한 요소를 통해 만들어질 수 있다.

○ 초창기에 모방을 통해 보이스를 탐구하는 것은 자연스러운 일이다. 하지만 틈틈이 자신의 글을 소리 내어 읽어 보고 자문하라. 리듬과 흐름이 내 것 같은가, 다른 사람의 것 같은가?

○ 작가에게 나이는 자산이다. 삶의 경험은 보이스에 깊이와

질감을 더한다.

○ 실패는 성공의 전제조건이다. 보이스를 확립하는 최고의 방법은 쓰고 또 쓰는 것이다.

○ 다양한 구두점과 여백을 사용하여 잘 알려진 노래의 가사를 독창적인 문체로 다시 써 보자.

○ 한 인물이 어항을 떨어뜨린다. 어항이 깨지고 금붕어가 날아간다. 이 장면을 각기 다른 세 인물의 시점에서 각기 다른 보이스로 묘사해 보자.

  1. 금붕어 가게 직원
  2. 한 가족이 여행을 떠나며 맡긴 금붕어에게 먹이를 주던 이웃
  3. 금붕어 연쇄 살해범

○ 다음은 앨리스 워커의 《컬러 퍼플》에 나오는 문장이다. 보이스는 어떻게 형성되었으며 이 소설에서 무엇을 기대할 수 있을까?

　우리 엄마 죽어가요. 소리 지르고 욕을 하며 죽어가요.

○ 보컬 코치 얀 선생님에 대한 묘사를 다시 읽어 보자. 얀 선생님이 이야기의 화자라면 어떤 보이스로 서술할지 상상하며 몇 줄 써 보자.

○ 다음은 미국 작가 데이비드 세다리스가 쓴 수필의 제목과 도입부다. 보이스는 어떻게 형성되었으며 이 수필에서 무엇을 기대할 수 있을까?

〈복도 끝 노부인〉
　그녀의 이름은 록키였다. 그녀는 내 이웃이었다. 나는 그녀의 뻔뻔함이 싫었다. 그녀는 내 둘도 없는 친구였다.

안토니오 가우디

스페인 카탈루냐 출신의 건축가 안토니오 가우디는 독창적이고 자유로운 건축 양식으로 유명하다. 자연을 향한 그의 사랑은 재료 선택, 건축에 대한 독특한 관점, 건축적 보이스에 영향을 미쳤다. 가우디의 건축물은 기이하고 환상적인 특성이 있다.

Q: 가우디의 작품 대부분은 어디에 있는가?

로알드 달

영국 소설가 로알드 달은 사랑스럽고 기발한 인물들을 창조했다.《찰리와 초콜릿 공장》의 찰리 버켓부터《마틸다》의 트런치불 교장까지, 그의 창의적인 목소리는 독자들에게 꾸준히 즐거움을 선사했다. 그의 책은 전 세계적으로 2억 5천만 부 이상 팔렸다.

Q: 로알드 달은 당구봉, 적포도주, 초콜릿, 연필, 전기톱과 함께 묻어 달라는 유언을 남긴 것으로 알려졌다. 진실일까, 거짓일까?

토니 모리슨

"사랑은 있거나 없거나 둘 중 하나다. 가벼운 사랑은 사랑이 아니다."

토니 모리슨은 절묘한 보이스로 영혼을 자극하며 인간 정신의 힘에 관해 이야기하는 작가다. 소설가이자 교수, 랜덤하우스 출판사 최초의 흑인 여성 소설 편집장이었으며 대통령 자유 훈장, 노벨상 등 수많은 상을 받았다.

Q: 토니 모리슨의 가족은 집세가 밀렸다는 이유로 집주인에게 방화 공격을 당했다. 가족은 어떻게 대응했을까?

콜로라투라 소프라노

콜로라투라 소프라노는 복잡한 꾸밈음을 화려한 음색과 정확한 기교로 부르는 소프라노다. 서정적인 콜로라투라는 밝고 청아하며, 극적인 콜로라투라는 무겁고 강렬한 목소리를 낸다.

Q: 사람의 목소리로 정말 유리를 깨뜨릴 수 있을까?

글쓰기에서 관점은 보이스만큼이나 중요한 요소다. 심지어 관점이 더 중요하다고 할 수도 있다. 우리가 세상을 바라보는 방식은 우리의 삶과 우리의 이야기를 형성한다. 의도했든 의도하지 않았든 작가의 정신, 세계관, 인생 경험은 글에 나타난다. 모든 작가는 각기 다른 관점을 지니고 있다.

관점의 차이는 자연스럽고 인간적이다. 영국 화가이자 시인 윌리엄 블레이크는 이를 아름답게 표현했다. "누군가에게 기쁨의 눈물을 자아내는 나무는 다른 누군가에게 그저 푸른 방해물에 불과하다."

당신은 자신의 기억과 에피소드를 어떤 관점으로 바라보

는가? 실패는 매혹적인 탐험의 숲인가, 아니면 어두운 좌절의 늪인가? 당신은 과거와 현실에 어떤 서사를 부여하고 있는가? 당신의 관점이 당신이 쓰는 글의 보이스를 좌우할 것이다. 냉소주의자가 쓴 글은 몽상가가 쓴 글과 아주 다르기 마련이다. 어떤 관점이 당신의 이야기에 가장 잘 어울리고 진정성 있게 느껴지는가?

표현력이 뛰어난 작가는 대부분 자기 성찰에 능하다. 자신의 감정을 깊이 탐구하고 작품에 새로운 관점을 부여한다. 이야기에 새로운 관점을 더하면 플롯과 인물에 입체감이 생긴다.

하나의 사건을 다른 각도로 바라보는 습관을 기르자. 옛 사진을 보면서 자문해 보자. 액자 바깥에 무엇이 있을까? 내가 보지 못한 건 뭘까? 어떻게 하면 다르게 볼 수 있을까? 만약에 내 삶의 경험을 다르게 바라본다면?

∨ 자신이 저지른 실수 3가지를 꼽고 그게 왜 실수인지 적어 보자.

∨ 각 실수의 결과로 얻은 이점을 적어 보자.

이점을 주목함으로써 실수를 긍정적으로 재구성할 수 있

다. 관점에 따라 완전히 다른 이야기가 될 수 있다.

인생은 매력적인 이야기와 경험으로 가득하다. 우리가 평범하게 여기는 일상이 누군가에게는 특별하게 느껴질 수 있다. 익숙함은 일상의 빛을 앗아가곤 한다. 그러나 작가가 생생하게 포착하고 전달하면 테네시주 소도시 패리스(Paris)에서의 유년 시절은 프랑스 파리(Paris)에서의 유학 시절보다 훨씬 더 풍성하고 매혹적일 수 있다.

미국 작가 해리 크루스(Harry Crews)는 컴퓨터도 없이 콘크리트 블록에 낡은 문짝을 얹은 간이 책상에서 글을 썼다고 한다. 하지만 그가 조지아주에서의 어린시절을 회상하며 쓴 이야기 《유년: 한 장소의 기록(A Childhood: The Biography of a Place)》는 무척 생생하고 강렬하다.

그의 시골 억양은 퍽 정감이 갔다. 취객 같기도 하고, 사냥개 같기도 하고, 천사 같기도 했다.

나는 크루스가 묘사하는 인물을 상상할 수 있다. 인물의 목소리, 냄새, 성격의 다층적인 면을 짐작할 수 있다. 그리고 더 알고 싶은 마음이 든다.

단 한 문장만으로 말이다.

조용한 전원생활이든 시끌벅적한 대도시의 삶이든, 작가의 관점에 따라 모두 매력적으로 그려질 수 있다.

미국 비트 문학의 상징이었던 잭 케루악의 자전적 소설 《길 위에서》와 같은 작품에 압도된 사람들은 그와 비슷한 폭넓은 경험이나 극적인 사연이 없으면 글을 쓸 수 없다고 생각할 수 있다. 하지만 전혀 그렇지 않다. 잭 케루악의 모험과 방랑만큼, 아니 그 이상으로 독자들을 사로잡는 것은 그 안에 담긴 정서와 진정성이다.

명심하라. *무엇을* 쓰느냐보다 *어떻게* 쓰느냐가 더 중요하다.

당신은 어떤 관점을 가지고 있는가? 깊고 개인적인 모험을 추구하는가, 아니면 세상사의 복잡성에 매료되는가? 잭 케루악은 47세에 약 탄 위스키를 마시고 알코올 중독 합병증으로 사망했다. 탈장을 막기 위해 배꼽에 케네디 5센트짜리 동전을 붙인 채였다고 한다. 그의 죽음은 위대한 여정의 끝일까, 비극적인 종말일까? 어떻게 묘사해야 독자들이 당신이 보고 느낀 것을 똑같이 느낄 수 있을까?

기억들을 헤집어 당신의 관점을 검토해 보라.

유년기나 청소년기에 간절히 원했던 것은 무엇인가? 친구들에게는 있는데 혼자만 없던 것이 있는가? 지금은 그 욕구가 어떻게 느껴지는가? 만약 당신이 원하는 것을 얻었다면 이야기는 어떻게 전개됐을까? 지금은 그 상황이 어떻게 달라 보이는가?

나는 열두 살 때 하얀 통굽 하이힐 부츠, 세발자전거, 도서전에서 책을 사기 위한 용돈을 간절히 원했지만 모두 얻지 못했다. 그때를 떠올리면 여전히 애타는 갈망과 실현되지 못한 가능성을 생생히 느낄 수 있다. 도서전 카탈로그와 달리 지폐의 빳빳한 질감, 자전거 바퀴 아래에서 자갈이 튀는 소리, 폴댄서 부츠를 신고 버스 정류장까지 걸어갈 때 내 빼빼 마른 다리에 가해지는 긴장감까지.

지금 생각하면 그것들을 얻지 못해서 차라리 다행이었던 것 같다. 몇 가지 관점이 보이기 때문이다.

나의 관점: 그 부츠를 신으면 남자애들이 날 주목할 거야. 랜스 같은 애들 말이야. 물론 랜스는 열여섯 살이지만, 난 아주 성숙한 열두 살이잖아. 내 성적표에도 그렇게 적혀 있고. 아, 그 부츠만 있다면……

버스 운전사의 관점: 눈발 사이로 그 작달막한 여자애가 나타났다. 웬 스트리퍼들이나 신는 부츠를 신고 술 취한 사람처럼 휘청

거리더니 몇 걸음 못 떼고 꽈당 넘어졌다. 발목이 아예 부러진 듯했다. 부모가 동유럽 어디 사람이라고 들었는데…….

구급대원의 관점: 미안하지만 다른 방법이 없구나. 발목을 살리려면 부츠를 잘라내야 해. 뭐라고? 운에 맡기겠다니 그게 무슨 말이니?

어머니의 관점: 내 사랑, 나야. 너 옛날에 발목 부러져서 뼈가 부츠를 뚫고 나왔을 때 기억나지? 그 친절한 구급대원이 오늘 차에 치였다더라. 끊는다!

이쯤에서 아마 당신은 이렇게 생각할지도 모른다. *관점? 알겠어. 그런데 어디서부터 시작해야 하지? 플롯? 인물? 배경?* 그것은 전적으로 당신에게 달려 있다. 10명의 작가에게 똑같은 글감을 제시하면 전혀 다른 10개의 이야기가 나올 거다. 모든 사람이 자기만의 관점을 지니고 있기 때문이다. 당신이 만든 이야기를 보며 다음 질문들에 답변해 보자.

∨ 누구의 이야기인가?
∨ 무엇에 관한 이야기인가?

∨ 줄거리를 한 문장으로 설명해 보라.

∨ 이야기의 핵심을 한 단어로 정의해 보라.

∨ 그 이야기의 매력은 무엇인가?

답변들을 살펴보자. 답변 안에서 특별히 중점을 두는 측면이 있는가? 당신은 당신의 이야기를 어떻게 *보는가?* 답변들이 인물, 플롯, 배경 중 어느 쪽으로 기울어지는가? 어느 한쪽에 끌린다면 그 부분을 출발점으로 삼자.

다음 사항들도 고려하자. 당신은 지금 쓰고 있는 글의 요소들을 어떤 시각으로 바라보는가? 당사자의 시선으로 바라보는가? 아니면 관찰자의 시선으로 바라보는가? 그 관점은 현재의 관점인가? 어린시절의 관점인가?

당신은 디테일에 주의를 기울이는가? (예: 얀 선생님의 큐빅 머리핀과 검정 스타킹, 짐보가 미식축구를 볼 때 먹는 칠리 콘 카르네의 눅눅한 냄새, 분홍색 털 카펫 위 늙은 발레리나의 무릎에서 나는 소리.) 어떤 디테일들이 당신의 기억에 남아 있는가?

기억을 되돌아볼 때 관점을 바꾸거나 뒤집어 보자. 어떤 틀에 이야기를 맞추고 보느냐에 따라 이야기가 확연히 달라질 수 있다. 우리의 삶도 마찬가지다.

실수는 어떤가? 완전히 이해한 줄 알았다가 완전히 오해했다는 사실을 깨달은 적 있는가? 나무만 보고 숲을 보지 못한 적은? 나는 있다. 누군가는 굴욕으로, 누군가는 교훈으로 볼 것이다. 지금부터 그 일화를 들려줄 테니 당신이 판단해 보라.

한때 알고 지냈던 여자가 있다.

당시에는 통성명이 금지되었기에 나는 10월 10일생인 그녀를 속으로 텐텐(ten-ten)이라고 불렀다.

나는 교도소에서 재소자 멘토로 자원봉사를 하고 있었다. 텐텐은 무장 절도죄로 복역 중이었다.

텐텐은 스물두 살의 남부 출신 백인 여성으로, 평생 힘겹게 살았다. 두 살 때 어머니가 약물 과다 복용으로 사망했고, 열여섯 살에 이미 두 아이의 엄마가 됐다. 열일곱 살이 되자 내슈빌과 멤피스를 오가며 총기를 팔고 마약을 운반했다. 헤로인을 팔던 아버지는 돈이 부족해지자 텐텐을 팔았다.

나와 만나기 전에 텐텐은 마약 밀매 조직뿐 아니라 매춘 조직도 운영했다. 수차례 체포되고 두 번 총상을 입었으며 한 번은 가슴에 칼을 맞았다.

"왜 자원봉사를 굳이 교도소에서 해?" 내 친구가 물었다. "그냥 5K(킬로미터) 자선 마라톤을 뛰거나 돈을 기부하면 안 돼?" 당시 햄처럼 무른 내 다리로는 50미터 달리기도 버거웠다. 지역 대학에서 보조 강의를 하는 데 염증을 느낀 나는 그 강의 시간을 재소자들의 의사 결정 능력 개발을 돕는 교도소 프로그램에 투자하기로 했다.

그렇게 교도소에 도착해 다른 멘토들과 함께 입소 절차를 밟았다. 대부분은 곧바로 면회실로 이동했고, 나를 포함한 몇 명은 최고 보안 시설로 안내되었다.

최고 보안 시설?

교도관은 나를 작은 방에 앉히고 텐텐의 파일을 건네주며 몇 분 동안 첫 면담에 필요한 내용을 검토하라고 했다. 나는 파일을 정독했다.

폭행, 절도, 마약 유통, 무장 강도, 매춘⋯⋯.

맥박이 빨라지기 시작했다. 내가 무슨 생각으로 여길 지원한 걸까? 실패와 실수의 대가인 내가 누군가의 의사 결정 능력에 어떤 도움을 줄 수 있을까?

잠시 후 짧은 기계음과 함께 문이 열리고, 교도관이 그녀를 테이블로 안내했다.

중간 키에 마른 체형. 창백한 얼굴. 주황색 수의. 길고 상한 머리카락. 검은 눈 그늘. 성난 인형 같은 표정. 교도관은 나에게 감독이 필요한지 물었다.

"괜찮아요." 나는 애써 침착하게 답했다. 양말을 삼킨 것처럼 목이 죄었다.

텐텐은 철제 의자를 발로 툭 밀어서 자리에 앉더니 나를 향해 고개를 까딱했다.

"반가워, 스노(Snow)."

스노? 날 부르는 말인가?

나는 숨을 고른 뒤 이 프로그램의 취지와 내용에 관해 설명했다. 의사 결정의 차이가 삶과 죽음, 자유와 속박을 가른다고 주절거리면서. 본격적인 면담에 들어가기 전에 나는 축축해진 손을 바지에 문질러 닦으며 텐텐을 슬쩍 보았다. 그녀는 의자에 기대어 앉아 미소를 띠고 있었다.

"음주 운전했어, 스노?" 텐텐은 눈을 부릅뜨며 물었다.

"네? 아니요." 나는 갈라진 목소리로 대꾸했다.

"그럼 도둑질?" 이어진 물음에 나는 고개를 저었다.

텐텐은 얼굴을 바짝 들이밀며 따지듯 물었다. "그럼 이 봉사 활동은 대체 왜 하는 거야?"

3분밖에 안 지났는데 낭패감이 들었다. 나는 테이블에 서류를 툭 내려놨다.

"글쎄요. 좋은 일을 하고 싶은데 5K는 못 뛰겠더라고요."

잠시 침묵이 흐른 뒤 텐텐은 발작하듯 웃음을 터뜨렸다. "내가 자기의 5K 자선 달리기구나. **어서 출발해!**"

나는 앞으로 3개월 동안 일요일마다 그녀를 만나러 올 거라고 했다. 텐텐은 코웃음을 쳤다.

"3개월? 그전에 그쪽이 먼저 열받아서 때려치울걸."

"그럼 열받게 하지 마세요." 내가 말했다.

나는 혼이 쏙 빠진 채로 차를 몰고 집으로 향했다. '만약에 이대로 차가 도랑에 빠지면 정비소에 맡겨야 할 테니 그 핑계로 교도소로 안 돌아가도 되지 않을까?'

그날 저녁, 프로그램 담당자로부터 귀한 시간을 내줘서 고맙다는 이메일을 받았다. 담당자는 재소자들이 이 프로그램에 자원했으며, 프로그램을 이수한 재소자는 도서관 이용이나 업무 배정에서 혜택을 받을 수 있으나 그 이유로 책임감에 의한 부담은 느끼지 말라고 덧붙였다.

아무렴요.

그 후 3개월간 일요일마다 교도소로 향했다. 높은 담벼락

위에 둘린 철조망, 금속 탐지기가 삐삐 울리는 소리, 냉장고 냄새가 나는 회색 타일 방에서 텐텐을 기다리는 것에 익숙해졌다. 나는 텐텐의 범죄 이력을 의사 결정 연습에 활용했다.

"그에게 야구 방망이를 휘두르는 것 말고 다른 선택지는 없었을까요?" 내가 물었다. 텐텐은 화제를 돌리거나 나에게 반문하는 걸 좋아했다.

"방망이로 사람 때려본 적 있어, 스노?"

"아뇨."

"그런 생각을 해 본 적은?"

면담이 일찍 끝나면 남은 시간 동안 사담을 나눌 수 있었다. 그래서 텐텐은 매번 씩 웃으며 방에 들어와 면담을 빠르게 해치우고는 나에 관해 묻곤 했다. 툭하면 담배가 고프다고 투덜거리면서.

텐텐은 내 아버지가 첫 번째 고등학교에서 퇴학당했고 어머니는 아예 자퇴했다는 사실에 흥미를 보였다.

"나도 자퇴했어." 텐텐이 말했다.

잠깐, 오, 내가 도울 수 있겠어!

"복역 중에 GED(미국의 고등학교 졸업 자격시험—역자주)를 치를 수 있어요!" 나는 희망에 차서 두 손을 깍지 끼고 말했다. "교도소에 프로그램이 있더라고요."

"그래? 그쪽 엄마도 GED 봤어?" 텐텐이 물었다.

나는 말문이 막혔다. 침묵이 답변이 되었다.

텐텐은 나를 지그시 쳐다보더니 표정을 누그러뜨렸다. "엄마 노릇을 하느라 무진장 바빴겠지. 그래서 그런 거야, 스노."

텐텐은 나에게 자기가 쓴 시를 보여주기도 하고 자기가 읽는 호러 소설에 관해 이야기하기도 했다. 우리는 언젠가 각자 5K 마라톤을 뛰기로 농담하듯 약속했다. 텐텐은 수갑을 찬 상태로 담배를 피우며 뛰어도 날 이길 수 있다고 호언장담했다. 텐텐은 내 삶에 관해 묻고 내가 적당히 대답하면 나름의 조언을 해 주곤 했다. 심지어 의사 결정 커리큘럼을 참고하기도 했다.

"나라면 그 상황에서 슬쩍 총을 꺼내 보이겠지만, 여기 내용에 따르면 그건 나쁜 선택이겠지. 다른 선택지를 고려해 보자고."

나는 매우 뿌듯했다. 내가 좋은 일을 하고 있다고, 변화를 만들고 있다고 느꼈다.

그건 나만의 관점이었다.

"왜 날 스노라고 부르죠?" 내가 마침내 물었다.

텐텐은 피식 웃었다. "스노가 뭔지도 모르지? 분말 코카인이야. 그쪽이 내 교외 중산층 여자 고객들을 닮았거든."

텐텐은 내 별명을 바꾸기엔 이미 늦었다며, 내가 진짜 이름을 말해 주지 않는 한 계속 그렇게 부르겠다고 했다. 그렇지만 통성명은 규정에 어긋났다.

텐텐은 명문을 좋아했다. 면담 후에 내가 뽑아 온 문장들을 읽어 주면 철제 의자에 삐딱하게 기대앉아 집중해 들었다. 텐텐은 그 문장들을 쓴 작가들을 신랄하게 평가했다.

텐텐에게 칼릴 지브란은 '지나치게 심오'하고 릴케는 '지나치게 감상적'이며 버지니아 울프는 '지나치게 얌전'했다. 텐텐은 찰스 부코스키를 좋아했고, 내가 부코스키의 뮤즈인 존 팬트(John Fante)의 명문을 들려주자 열띤 반응을 보였다. 그렇게 드물게 감동할 때마다 나에게 따로 적어달라며 종이를 내밀었다.

"난 깊고 단순한 문장이 좋아."

그녀는 지독하게 단순한 문장을 좋아했고 관계, 가족, 운명에 관한 명언에 끌렸다.

어느 봄날의 일요일, 텐텐은 유독 피곤해 보였다. 간밤에 비가 와서 잠을 설쳤다고 했다. "일 치르기 딱 좋을 때가 바로 비가 올 때야. 지켜보는 눈들이 없으니까. 명심해, 스노. 비가 쏟아질 때는 다들 방심해. 경찰도 비를 맞기 싫어한다고. 내가 주유소를 날려버린 날 밤에는 폭풍우가 쳤어."

나는 고개를 끄덕였다. "간밤에 지난 일을 떠올렸나요?"

텐텐은 상처받은 얼굴로 날 쳐다봤다. "아니, 이 바보야. 비가 올 때는 조심하라는 말이야."

그때 나는 내가 세상을 보는 눈이 그리 밝지 않다는 것을 깨달았다.

12주 과정을 마친 재소자들과 멘토들은 자판기 과자를 나눠 먹으며 조촐하게 수료를 축하했다. 나는 텐텐에게 수료증과 함께 그녀가 요청한 돼지 껍데기 과자 한 봉지를 선물했다. 텐텐보다 내가 더 신이 났다.

"해냈네요!"

텐텐은 나를 빤히 쳐다봤다. "그래, 스노? 누가 더 많이 배웠지?"

우리는 한동안 말없이 서 있었다. 나는 멘토 프로그램에 자원하면서 내가 가진 것을 베푼다고 생각했다. 그런데 그것은 내 착각이었음이 그 순간 선명하게 드러났다. 굴욕이 아니라 깨달음의 순간이었다.

텐텐이 멘토고 내가 멘티였다.

텐텐은 무기와 사람이 남긴 상처에 대해 힘겹게 얻은 관점을 공유했다. 그 덕분에 나는 세상을 더 깊고 넓게 볼 수 있게 되었다.

30분간의 수료식이 끝나자, 텐텐은 쪽지 하나를 건넸다. "이거 받아." 텐텐은 권태로운 표정으로 한숨을 쉬었다. "그래, 뭐, 고마웠어, 스노. 그리고 비 오면 문 꼭 잠가."

텐텐은 교도관을 따라나서며 뒤도 돌아보지 않았다.

혼자 남겨진 나는 쪽지를 펼쳐 봤다.

당신은 아무도 아니고, 나도 누군가였을지 모르지만, 우리 각자에게 가는 길은 사랑이다.

—존 팬트

그 후 수년이 흘렀다. 나는 나이가 들수록 과거와 현재의 관점에 더 많은 질문을 던지게 된다. 내 서재에는 당시 교도소 출입증과 텐텐에 관한 기억이 걸려 있다.

어젯밤에는 비가 왔다. 문들을 제대로 닫았는지 확인했다.

아직 5K 마라톤은 뛰지 못했다.

삶을 깊고 충만하게 경험하기 위해 꼭 다른 대륙으로 날아갈 필요는 없다. 자신이 사는 지역에서 다양한 배경을 지닌 사람들과 만나 그들의 시선으로 세상을 보고, 그들의 감정에 공감할 수 있다.

그들의 관점을 고려하자.

어떤 시점을 택하느냐에 따라 독자가 이야기를 경험하는 방식이 달라진다. 당신은 독자가 주인공의 감정에 이입하길 원하는가? 아니면 한 발짝 물러서서 객관적으로 사건을 관찰하기 원하는가? 각 시점에는 장단점이 있다. 당신이 구상하는 이야기에 가장 적합한 시점은 무엇인가?

화자는 이야기의 등장인물 중 한 명이다. 독자는 화자의 시선과 서술을 통해 이야기를 따라간다.

사용되는 대명사: 나, 우리

예: 내가 변화를 만들 수 있다고 생각했다. 나는 멍청이였다. 그땐 몰랐을 뿐.

이야기는 '당신'에게 전달된다. 일반적으로 자기계발서, 실용서, 광고 문구 등에 쓰이지만, 소설에서도 사용할 수 있다.

사용되는 대명사: 너, 당신, 여러분

예: 너는 교도소에 차를 세우고 또다시 자신을 속인다. 네가 변화를 만들 거라고. 그래, 그럴 거라고.

3인칭 전지적 시점에서는 화자가 모든 걸 알고 있다. 3인칭 제한적 시점에서는 화자가 오직 한 인물의 경험을 이야기한다.

사용되는 대명사: 그, 그녀, 그들

예: 그녀는 확신했다. 자신이 변화를 만들 수 있다고.

텐텐의 이야기를 쓴다면 다음 관점을 취할 수도 있다.

멘토의 1인칭 시점:

그녀는 날 스노라고 불렀다. 그녀는 주황색 수의를 입은 화난 인형처럼 보였다.

텐텐의 1인칭 시점:

나는 그녀를 스노라고 불렀다. 그녀는 내가 코카인을 팔았던 교외 중산층 여자들처럼 무지해 보였다.

교도소장의 2인칭 시점:

차갑고 딱딱한 방 기억하지? 너는 잊어버리고 싶겠지만.

교도관의 3인칭 제한적 시점:

재소자는 분명 주도권을 쥐고 있었다. 뭔가 꿍꿍이속이 있는 눈치였다.

3인칭 전지적 시점:

교도관은 산만하고 출출한 상태로 담배 한 대를 떠올리고 있었다. 텐텐이 테이블 밑면을 더듬어 테이프로 붙인 물건을 찾았다. 아주 날카로운 물건. 스노는 잠시 후 자신에게 닥칠 일을 꿈에도 몰랐다.

시점은 모든 장르의 이야기에서 중요한 요소다.

나는 주로 역사 소설을 쓰는데, 역사에는 다양한 관점이 존재한다. 내 소설의 관점을 결정하기 위해 나는 주제를 탐구하고, 사건의 본질에 대한 질문을 던지며, 누구의 시점에서 어떤 시제를 사용해야 이야기를 가장 잘 전달할 수 있을지 깊이 고민한다. 소설 《아무도 기억하지 않는》을 구상할 때 나는 해당 역사에 여러 나라가 관련되었다는 사실을 알게 되었다. 결국 다양한 문화권의 경험을 살리기 위해 나는 네 명의 인물을 1인칭 시점으로 번갈아 가며 서술했다.

다음은 텐텐의 이야기에서 채택할 수 있는 추가 시점이다.

∨ 텐텐의 감방 동료

∨ 주유소 계산원 또는 강도 사건의 피해자

∨ 텐텐이 학교를 계속 다니도록 설득하는 고등학교 지도 교사

∨ 하늘에서 지켜보는 텐텐의 죽은 어머니

∨ 텐텐의 아이들이 텐텐에게 보내는 편지

∨ 가석방 심사 위원회 위원들

∨ 12주간의 멘토링 프로그램을 관찰하는 담당자

자신이 세상을 어떻게 바라보는지 생각해 보자. 한 가지 관점에 자신을 가두고 있지는 않은가? 어떤 기억들은 수치나 설움 등 고통스러운 감정으로 얼룩져 있다. 우리 뇌는 감정을 논리적으로 처리하려고 한다. 이해되지 않는 것을 이해하려고 애쓰다 보면 지쳐서 단편적인 결론을 내리고 큰 그림을 놓치기 쉽다.

다르게 접근해 보자. 가능하다면 기억을 정면으로 마주해 기억의 영향력을 누그러뜨리자. 그 기억에 관해 이야기하거나, 글로 적거나, 우스꽝스럽게 바라보자. 새로운 관점에서 그 이야기를 풀어내 보자. 내 부모님의 삶이 보여주듯, 우리는 고난을 선택할 수는 없지만 고난에 대처하는 방식은 선택할 수 있다. 당신의 이야기를 입체적으로 재구성하라.

관점은 선택이다.

당신의 선택이다.

o 당신이 구상하는 이야기는 누구의 이야기인가? 누구의 시
  점으로 서술되는가?

o 무엇에 관한 이야기인가?

o 줄거리를 한 문장으로 설명해 보라.

o 이야기의 핵심을 단 한 단어로 묘사해 보라.

o 그 이야기의 매력은 무엇인가?

o 당신은 그 이야기를 당사자의 시선으로 바라보는가? 아니
  면 관찰자의 시선으로 바라보는가?

o 인물, 플롯, 배경 중 가장 관심을 끄는 요소는 무엇인가?

o 영국의 화가이자 시인인 윌리엄 블레이크는 "사람은 자기
  처럼 본다"라고 말했다. 우리가 세상을 바라보는 방식은 우

리 내면의 모습을 비춘다는 뜻이다. 이 말을 당신의 실제 기억과 당신이 묘사하는 인물들에 어떻게 적용할 수 있을까?

○ 무언가를 오해했던 기억을 떠올려 보라. 그때는 어떻게 생각했고, 지금은 어떻게 생각하는가?

○ 익숙함은 일상의 빛을 앗아가곤 한다. 누군가에게는 단조로운 일상이 누군가에게는 매혹적인 경험일지도 모른다. 당신의 이야기는 공유할 가치가 있다.

○ A는 만나면 안 될 사람을 만나기 위해 방 창문을 몰래 빠져나간다. 다음 시점으로 각 장면을 묘사해 보고, 갈등 요소들을 더해 보자.

1. 3인칭 제한적 시점: A가 방에 없는 것을 발견한 부모님 또는 보호자

2. 3인칭 전지적 시점: A가 창문을 빠져나가는 모습을 기록 중인 보안 카메라

3. 1인칭 시점: A를 기다리는 사람

○ 인생에서 겪었던 사건을 하나 선택하자. 그 사건을 다른 관점에서 볼 수 있는지 고려하고, 외부 관찰자의 시선으로 서술해 보자.

○ 텐텐에 관한 이야기에서 다음 사항들을 검토해 보자.

1. 교도소 자원봉사자로서 내가 원하는 바는 무엇이었는가?
2. 어떤 이해관계가 얽혔는가?
3. 텐텐이 다차원적 인물인 이유는 무엇인가?
4. 이 이야기를 읽고 당신은 어떤 관점을 얻게 되었는가?

○ 사람이나 상황을 잘못 판단했던 기억을 떠올려 보자. 그에 대해 1인칭 시점과 3인칭 시점으로 한 단락씩 써 보자. 어떤 시점이 당신의 기억과 이야기에 가장 잘 어울리는가? 그 이유는 무엇인가?

비트 세대

당신은 전통적인 관점과 물질주의를 거부하는가? 탐험가 정신으로 창의적인 것을 추구하는가? 그렇다면 비트 세대의 사회 및 문학 운동에 끌릴 것이다. 앨런 긴즈버그, 윌리엄 S. 버로스, 잭 케루악 등은 1950년대 비트 문학의 대표자들이다.

Q: 잭 케루악의 대표작 《길 위에서》는 '로망 아 클레(roman à clef)' 소설로 분류된다. 이는 어떤 유형의 소설을 뜻하는가?

교도소 도서관

교도소 도서관의 역사는 1790년으로 거슬러 올라간다. 처음에 교도소에 비치된 책은 성경과 기도 묵상집이 전부였다. 그러다 재활 프로그램이 확대되면서 신문, 잡지, 책을 읽는 것이 수감자들의 문해력과 의사 결정 능력에 도움이 된다는 것이 입증되었다. 일부 교정 시설에는 가족 독서 프로그램도 있어 수감자와 가족들이 함께 책을 읽고 감상을 나누며 소통할 수 있다.

Q: 교정 시설에서 사서로 일하려면 어떤 자격이 필요한가?

GED(General Education Development)

미국의 고등학교 졸업 자격시험은 1942년에 처음 시행되었다. 당시에는 젊은이들이 고등학교를 마치기도 전에 전쟁터나 노동 현장에 투입되곤 했다. 이 시험은 수학, 읽기, 과학, 사회 과목에 대한 이해도를 평가하며, 합격하면 고등학교 수준의 교육을 이수했음을 증명할 수 있다. 시행 이래 현재까지 2천만 명 이상이 GED를 통해 고등학교를 졸업했다.

Q: 고등학교 졸업 자격시험으로 고등학교를 졸업한 유명 인사들을 찾아보자.

찰스 부코스키

작가이자 시인으로서 찰스 부코스키에게 한계는 없었다. 타임지는 그를 '미국 하층민의 대표자'라고 칭송했다. 1994년에 세상을 떠났지만, 그의 도발적인 글은 매년 새로운 독자를 사로잡고 있다. 어떤 이들은 천박하다고 하고 어떤 사람은 기발하다고 하는, 인생의 과잉에 대한 그의 과감한 성찰이 담긴 책들은 수백만 부가 팔렸다. 부코스키가 남긴 것으로 알려진 전설적인 명문장 중에는 실제로 출처를 알 수 없는 경우가 많다.

Q: "위대한 예술은 헛소리, 타코를 사라." 부코스키가 정말 그렇게 말했는가?

배경

5

배경은 다차원이다.

장소, 시간대, 물리적 환경, 역사적 시대 등등. 배경은 우리가 떠나온 곳이자 돌아갈 곳이다. 잘 갖춰진 배경은 독자를 특정 장소와 시간대로 데려가 빠져들게 한다. 배경은 이야기의 분위기를 조성하며 그 자체로 특색이 된다.

당신이 구상하는 이야기는 특정 배경이 있는가? 아니면 언제 어디에서나 일어날 수 있는 이야기인가? 당신이 지나온 배경과 장소를 떠올려 보라. 그곳들이 어떤 감정과 감각을 불러일으키는가?

∨ 안전하다고 느꼈던 곳이 있는가? 그곳에 대해 어떤 기억이
   있는가?

∨ 불안하다고 느꼈던 곳이 있는가? 그곳에 대해 어떤 기억이
   있는가?

∨ 어떤 시기에 행복했는가?

∨ 어떤 시기에 힘겨웠는가?

∨ 특정 사람들과 연관된 장소가 있는가?

지리적 위치, 계절, 지역 문화는 인물에 영향을 미치고 갈등 요소를 더할 수 있다. 예를 들어 한겨울에 시베리아에 도착한 인물은 추위와 어둠이라는 갈등 요소에서 살아남아야 한다. 뉴욕에 사는 인물은 교통 체증과 혼잡한 공간이라는 갈등 요소와 끊임없이 싸워야 할 것이다. 여름을 배경으로 하는 이야기는 방학, 휴가와 맞물릴 것이다. 이렇듯 모든 배경 요소가 이야기에 영향을 미친다.

이야기를 구상하면서 자신의 배경을 떠올려 보라. 당신이 살았던 곳, 함께 살았던 사람, 해당 시기, 떠오르는 추억을 적어 보라. 옛 사진을 꺼내 보고 자세한 배경 설명을 덧붙여 보라. 인물과 마찬가지로 배경도 디테일이 있어야 생생하게 살아난다.

어릴 때 살던 집을 떠올리면 어떤 디테일이 떠오르는가? 찌그러진 우편함? 지하실 냄새? 이웃집을 지나다가 발견한 물건? 최대한 많은 디테일을 적어 보자. 각 장소와 환경이 불러일으키는 감정을 포착하자. 이 책은 기억에 초점을 맞추고 있기에 우리는 '집'이라는 중요한 주제를 다뤄야 한다.

특정 위치, 환경, 거주지에 살았다고 해서 그곳을 꼭 집이라고 할 수는 없다. 집은 물리적 공간이면서 정서적 공간이기도 하다. 집은 우리의 기억과 마음에 가장 강력한 영향을 미치는 환경이다.

당신과 당신의 이야기 속 인물에게 집은 어떤 의미인가? 어디에 있을 때 가장 마음이 편안한가?

당신 또는 당신의 이야기 속 인물은 다음 질문에 어떻게 답하겠는가? 가능한 한 다양한 답을 제시하라.

집은 _____ (이)다.

집은 _____ (이)었다.

집의 의미는 사람마다 다르다. 역사적으로 남성은 집을 휴식 공간으로, 여성은 일터로 인식하는 경우가 많았다. 당신의 부모님은 집을 어떻게 생각했을까?

나이가 들면서 집에 대한 감정은 더 명확해지거나 복잡해진다. 집에 있을 때 누군가는 차분하고 안정된 느낌을, 누군가는 붕 뜨고 불안한 느낌을 받는다. 세월이 흐르며 우리는 집을 색다르게 인식하고 회상하게 된다. T. S. 엘리엇은 이렇게 표현했다. "모든 탐험의 끝은 우리가 출발했던 곳에 도착하여 처음으로 그곳을 이해하게 되는 것이다."

배경이 당신이 구상하는 인물에 어떤 영향을 미치는가? 당신의 배경은 현재의 당신에게 어떤 영향을 미치는가? 예전에 살던 집이나 지역에 방문해 본 적 있는가? 예전과 비슷하게 느껴지던가, 다르게 느껴지던가?

장소에 대한 인식이 달라진 경험이 있는가? 나는 있다. 기억을 더듬어 이야기 사례로 풀어보겠다.

배경은 로스앤젤레스다. 거기서 시작되거나 끝나는 이야기는 아니다.

이야기는 미시간주에서 시작한다. 나는 대학교 기숙사 방의 낡은 매트리스에 누워 고민에 빠져 있었다.

앞서 언급했듯이 나는 디트로이트 교외의 독특하고 개성 넘치는 동네에서 자랐다. 우리 세 남매는 자유롭게 동네를 쏘 다녔고, 우리가 해 질 녘까지 돌아오지 않으면 부모님은 대문 밖에서 우리 이름을 목청껏 부르거나 이웃에게 물어물어 우리를 찾아내곤 했다. 실수로 얼음 낀 연못에 빠져도 바로 도움의 손길을 받을 수 있었다. 나는 미시간주에서 안락함을 누렸지만, 부모님의 강경한 뜻에 따라 학업을 마치면 가족 곁을 떠나 독립해야 했다. 아버지는 나에게 사업 계획서 작성에 관한 책을 선물했다.

"사람은 계획이 있어야 해."

아홉 살 때 내 장래희망은 작가였다. 초등학교 3학년 때 첫 소설을 썼는데, 어른들에게 '불량하다'는 평가를 받았다. 그래서 나는 음악으로 노선을 틀었다. 보컬 코치 얀 선생님의 도움으로 입시까지는 성공했지만 대학에 입학하자마자 냉혹한 현실을 마주했다. 내 노래 실력은 지극히 평범했고, 가끔은 대놓고 형편없었다.

당시 나는 작가로서도 성악가로서도 실패했다고 생각했다. 새로운 이정표가 필요했다. 막다른 길에서 나는 다음과 같은 논리를 세웠다.

나는 노래 실력은 부족하지만 여전히 음악을 좋아한다.

나는 사무용품도 좋아한다.

음악 + 사무용품 = 음악 산업

나는 곧바로 전공을 국제 경영학으로 바꿨다. 그리고 파리에서 돌아와 마지막 학기를 마친 뒤, 다음 장소를 선택해야 했다. 그 당시 내 오빠가 할리우드에 살았고, 할리우드에는 음악 업계가 있었다. 그래서 나는 짐을 싸서 미국의 왼쪽 끝으로 이동했다.

캘리포니아주 로스앤젤레스 카운티 할리우드. 화려한 조명, 별들의 고향, 사시사철 화창한 날씨로 유명한 도시. 하지만 80년대 말부터 90년대 초까지 할리우드는 그렇게 화려하지 않았다. 지저분하고 각박했으며, 생활비에 쪼들리는 젊은 여자에게는 숱한 위험이 도사린 곳이었다.

길거리에서 낯선 사람이 다가와 불법 행위를 제안하는 것은 예삿일이었다. 할리우드의 상징적인 명소들은 야한 속옷 가게, 사이언톨로지교 본부, 가출 상담 전화번호와 소변으로 얼룩진 버스 정류장 따위에 가려져 빛을 발하지 못했다.

로스앤젤레스에 막 도착했을 때 나는 차도, 돈도, 직업도 없었다. 하지만 자랑스러운 경영학 학위가 있었고, 항공사에서 일한 경험 덕분에 전문직 여성처럼 입을 줄 알았다. 나는 버스를 타고 중고 의류 가게에 가서 에어 프랑스 유니폼과 같은 구색으로 근무복을 몇 벌 샀다. 인터넷이 없던 시절이었기에 《로스앤젤레스 타임스》에 나온 여러 구인 광고를 보고 이력서를 우편으로 보냈다.

그러던 어느 날, 오빠를 따라 음악계 행사에 참석했다가 한

위스콘신 출신 뮤지션을 만났다. 그를 클리프라고 부르겠다. 동그란 안경, 모발보다 두피가 더 많이 보이는 머리, 두둑한 뱃살, 가죽 샌들을 신은 40대 후반 남자. 클리프는 할리우드 힐스에서 하우스 시팅◊을 하고 있다고 했다.

"엄청나게 넓은 집이에요. 불편하게 오빠 소파에서 자지 말고 거기서 일주일만이라도 지낼래요?" 그가 나에게 제안했다.

누구나 클리프를 좋아하는 것 같았다. 나는 호신용품을 지니고 다녔고. 그래, 뭐 어때?

이 지점에서 다시 한번 짚고 넘어가겠다. 성급한 결정은 좋은 갈등을 유발한다.

로럴 캐니언의 구불구불한 언덕 꼭대기에 자리 잡은 그 집은 선셋 대로가 내려다보였다. 차가 좁은 길을 따라 오르는 동안 나는 차창 밖으로 지나가는 유서 깊은 집들을 보며 감탄했다.

"기운이 정말 좋은 곳이에요." 클리프가 말했다. "이글스,

◊   house sitting, 집주인이 여행이나 출장 등으로 집을 비우는 동안 그 집에 머물며 집과 반려동물, 정원 등을 관리해 주는 일.

조니 미첼, 도어스…… 모두 이 협곡에서 살며 아름다운 음악과 예술을 창조했죠. 자파의 집에는 거대한 오리 연못이 있었어요."

틀린 말은 아니었지만, 클리프는 *그다지 아름답지 않은* 사건은 입에 올리지 않았다. 맨슨 패밀리 살인 사건이 근처에서 일어났고, 바로 이 로럴 캐니언의 원더랜드 갱단 근거지에서 네 명이 둔기에 맞아 죽은 사건이 세간을 들썩이게 한 지 얼마 안 된 무렵이었다.

나는 차창 너머로 유칼립투스 내음이 섞인 따스한 바람을 맞으며 클리프가 샌들을 벗고 맨발로 운전하고 있다는 사실을 무시하려고 애썼다.

'여긴 로스앤젤레스잖아. 내가 이곳 사람들에 비해 지나치게 꽉 막히고 소심한 거겠지? 이건 실수가 아니겠지?'

우리가 도착한 곳은 내 상상보다 소박했다. 노면이 고르지 않은 진입로 끝자락에 이르니 나무 군락 사이로 허름한 나무 집이 보였다. 클리프는 밴을 길가에 주차했다. 경사진 울타리 너머로 웃음소리와 탬버린 흔드는 소리가 들렸다. 나는 클리프의 뒤를 따르며 물었다. "왜 정문으로 들어가지 않죠?"

"아, 음, 키를 잃어버렸어요." 클리프가 말했다.

클리프가 '엄청나게 넓은 집'이라고 한 것은 방이 많다는 의미가 아니었다. 침대 없는 침실이 하나 있었는데 클리프가 나에게 그 방을 같이 쓰자고 제안했다. 나는 정중히 거절했다. 그제야 '엄청나게 넓은 집'이 상대적인 평가라는 걸 깨달았다. 클리프는 밴에서 살던 사람이었다.

"서재 소파가 꽤 크네요. 내가 거기서 잘게요." 내가 말했다. "그런데 집주인은 무슨 일로 집을 비웠죠?"

"휴가 갔어요. 좀 쉬지 그래요. 사진 찍어 줄까요? 내 펜탁스 카메라가 제법 물건이든요." 클리프는 미소 지으며 덧붙였다. "나 발 마사지도 꽤 잘하는데."

배 속이 꽉 조여들었다. "오, 고맙지만 사양할게요. 사업 계획서를 작성해야 하거든요."

"목표 지향적이군요, 멋지네요. 냉장고에 브라우니랑 수프가 좀 있어요. 안뜰에 있는 해먹에 누워서 쉬어도 되고요. 오늘 밤에 친구 몇 명 초대했는데 심심하면 함께해요. 아, 그리고 차고에는 들어가지 말아요."

나는 대강 고개를 끄덕였다. 가능한 한 빨리 차고를 확인해 봐야겠다고 생각하면서.

천장이 낮은 나무집은 한때 아늑했겠지만 쓸쓸하고 생기가 없었다. 나는 가방을 들고 작고 어두운 서재에 들어갔다. 액자마다 사진이 빠져 있고 털 카펫은 뻣뻣했다. 나는 창문을 열었다. 곳곳에 널린 잡동사니가 집주인에 대해 많은 걸 알려줬다. 플리트우드 맥의 앨범, 캣 스티븐스의 앨범, 초능력자 잉고 스완의 원격 투시 관련 메모들, 부처상, 꽁초가 빼곡한 재떨이, 책《당신의 초능력을 개발하는 방법》…….

나는 책상에 자리를 잡고 사업 계획서 작성에 돌입했다. 재스민 향이 실린 산들바람이 방 안의 죽은 기억의 잔재를 휘저었다. 그때, 창밖에서 덤불이 바스락거리는 소리와 함께 카메라가 찰칵이는 소리가 났다. 클리프? 덤불 속에서 뭘 찍는 거지?

잠깐, 설마 날 찍은 거야?

나는 후다닥 서재 밖으로 나가 나무 벽에 등을 대고 뛰는 심장을 가라앉혔다. 그때 처음으로 그 감각이 내 안에 자리 잡았다. 경계심. 앞으로 나에게 로스앤젤레스 하면 떠오를 감각이었다.

그날 저녁 일찍부터 클리프가 초대한 손님들이 도착했다. 나는 여러 뮤지션을 비롯해 유리 공예가, 남북전쟁 참전 용사 출신 공인회계사 등을 만났다.

손님들은 어느새 마리화나에 취해 록 밴드 '아메리카'의 히트곡 〈양철 인간(Tin Man)〉에 대한 저마다의 해석에 빠져 있었다. 경쾌한 선율이 흘렀다. *화려한 연기로 얼룩진 유리*……

녹색 빛이 나는 비눗방울……

나는 조용히 차고로 향했다.

전구의 희미한 불빛 아래 콘크리트 공간이 드러났다. 한복판에 놓인 1인용 침대에 누렇게 변한 이불보가 아무렇게나 뭉쳐 있었다. 나는 문을 힐끗 돌아봤다. 머릿속에서 클리프의 경고가 메아리쳤다. '차고에는 들어가지 말아요.'

나는 침대 쪽으로 다가갔다.

아직 누군가가 벤 흔적이 남은 베개. 간이 테이블에 놓인 여러 가지 약병. 빨대가 달린 커다란 플라스틱 컵, 손때 묻은 루미의 시집, 세계 보건 기구에서 발행한 에이즈 안내 책자.

잔디 비료와 쥐덫이 쌓인 철제 선반 옆에는 여행 가방과 남성용 운동화 한 켤레가 놓여 있었다.

"그는 죽었어요."

어느새 문간에 나타난 클리프가 말했다.

"그 침대에서요. 집주인이 여기 머물게 했죠."

나는 고개를 끄덕였다.

내가 뭘 안다고 끄덕였을까? 뉴스에서는 에이즈를 마치 '먼 나라 이야기'처럼 보도했다. 하지만 그 이야기는 바로 여기, 내 눈앞에 있었다. 그리고 눈에 보이는 것 이상의 이야기가 있었다. 불치병에 걸린 한 남자가 차고에서 살다가 죽었다.

정원 도구에 둘러싸인 채 알전구의 희미한 불빛 아래서 외로움에 허덕이다 숨을 거뒀다. 나의 무지와 그 현장의 슬픔이 나를 집어삼켰다.

나는 얼마 지나지 않아 클리프의 하숙집을 떠났다. 첫 직장은 베벌리힐스에 있는 헤드 헌팅 회사였고, 그 후 음악 매니지먼트사에서 인턴과 어시스턴트로 일했다. 그리고 마침내 한 멘토의 도움과 아버지가 부추겨서 쓴 사업 계획서를 바탕으로 나만의 매니지먼트사를 차렸다. 그렇게 내 분야에서 나름대로 성공하고 입지를 다져 나갈수록 내가 속한 환경과는 점점 단절감을 느꼈다.

로스앤젤레스는 아름다웠지만 경계심을 늦출 수 없는 곳이었고, 그 과도한 경계심이 날 갉아먹기 시작했다. 나는 고독과 고요에서 가장 큰 영감을 얻는 내 영혼과 상충하는 환경과 직업을 선택한 것이다. 그래서 틈만 나면 2시간씩 차를 몰고 드넓은 사막에 가서 혼자 시간을 보내곤 했다. 사막의 고요함 속에서 나는 종종 로럴 캐니언의 어느 집 차고에서 홀로 죽어간 청년을 떠올렸다.

'천사들의 도시'로 불리는 로스앤젤레스에서 나는 깊은 우정을 쌓는 것도, 완벽한 이미지를 유지하는 것도, 곳곳에 도사리는 범죄로 인한 스트레스를 관리하는 것도 어려웠다. 한

정된 예산은 늘 전략적으로 써야 했고 교통 체증은 삶의 모든 측면을 더 복잡하게 만들었다. 간단한 모임에 참석하려면 이동에만 왕복 서너 시간이 걸리곤 했다.

힘들었지만 로스앤젤레스에서의 생활은 풍부한 역사 교육이기도 했다. 나는 LA 폭동, 에이즈 치료의 발전, 노스리지 지진, 음악계에 만연한 여성 혐오, 악명 높은 O. J. 심슨의 자동차 추격전 등 여러 굵직한 사건의 산증인이다. 헤드헌팅 회사의 전 동료가 O. J. 심슨의 전부인인 니콜 심슨과 함께 살해당했다는 소식을 꽉 막힌 도로 위에서 라디오로 듣기도 했다.

그 모든 경험은 뇌리에 강렬하게 남았다. 나는 기진맥진했지만 인내하며 도전들에 응했다. 배경은 그저 주어지는 것이 아니라 우리가 어떻게 대응하느냐에 따라 만들어지기도 하니까.

마침내 내 집을 사서 가구를 들이고 마당에 예쁜 장미를 심었다. 그런데 얼마 뒤, 한밤중에 굉음과 함께 유리창이 깨지며 집 안으로 무언가가 들이닥쳤다. 자다 놀라 비틀거리며 거실에 나오니 헤드라이트의 강렬한 불빛이 나를 비췄다. 어느 만취 운전자가 내 집을 들이받은 후 연기를 뿜는 차를 버리고 달아난 것이었다. 경찰이 도착하는 데 두 시간이 넘게 걸렸다.

그날 밤 나는 차도에 혼자 앉아있다가 깨달았다. 이곳에는 나를 얼음 연못에서 건져줄 사람이 없다는 것을. 오빠는 진작 로스앤젤레스를 떠났다. 나는 애인도 없고 친한 이웃도 없었다. 차로 한 시간 걸리는 곳에 사는 친구를 부르기도 내키지 않았다. 이대로 내가 쓰러지면 누가 내게 방 한 칸 내어줄까? 그조차 확신할 수 없었다.

이야기 구조에서 이는 '위기 사건'에 해당한다. 위기 사건은 흔히 내면을 뒤흔드는 질문을 제기하여 중대한 결정을 내리게 한다.

때로는 우리가 선택한 환경이 우리에게 맞지 않을 수도 있다. 괜찮다. 다시 시작할 수 있으니까. 그때 나는 매우 단호한 결정을 내렸다. 계획을 다시 쓰고 새로운 배경을 선택했다. 그렇게 하고 나니 모든 게 서서히 제자리를 찾았다. 그때 알았다. 때로는 물살을 거스르려고 애쓰기보다 힘을 빼고 몸을 맡겨야 한다는 것을.

나는 15년 동안 로스앤젤레스에서 직업적으로는 성공했지만 영혼을 살찌우진 못했다. 후회하냐고? 절대 아니다. 제인 오스틴의 말이 내 심정을 대변한다. "그 안에서 고통을 겪었다고 해서 그 장소를 덜 사랑할 수는 없다." 소설 《난 널 배신해야 한다(I Must Betray You)》를 쓰기 위해 내가 인터뷰했던 한 남자는 고통이 자신의 정신적 스승이라고 말했다.

배경 또한 정신적 스승이다.

로스앤젤레스에서 나는 이야기, 역사, 가난, 자아에 대한 통찰력을 얻었다. 은퇴한 여자 배우가 얼굴에 치질 크림을 바르는 걸 목격했고, 한 영매와 친구가 됐고, 고독의 가치를 배웠고, 책을 몇 권이나 써도 모자랄 만큼 로큰롤 세계를 탐험했다. 로스앤젤레스에서 나는 용기와 뻔뻔함을 기르고 나만의 중심과 길을 발견할 수 있었다. 그때 나에게 맞지 않는 게 뭔지 제대로 안 덕분에 다른 환경과 목표를 찾아 나아갈 수 있었다.

몇 년 뒤, 임종 시설 자원봉사에 지원했을 때 그 이유에 대한 질문을 받았다. 나는 로럴 캐니언의 차고 이야기는 묻어 두고 그저 사람들이 낯선 곳으로 향할 때 그 곁을 지켜주고 싶다고만 말했다.

클리프가 아직도 밴을 타고 돌아다니고 있다면 어딘가에 내 사진이 있을 거다. 덤불과 커튼 너머로 나를 몰래 찍은 사진들.

이상하게도 나는 그 사진들이 보고 싶다. 결국 집으로 향하는 여정에서 교차로에 막 도착한, 새롭고 낯선 환경에 놓인 젊고 순진한 여자의 초상을.

배경은 로스앤젤레스였다.

하지만 이야기는 거기서 시작하지도 거기서 끝나지도 않았다.

우주의 메시지. 경쾌한 선율.

화려한 연기로 얼룩진 유리…… 녹색 빛이 나는 비눗방울……

당신의 지난 배경을 되짚어보라. 어떤 기억이 떠오르는가? 그때의 경험을 지금 어떻게 묘사하겠는가? 장소 감각을 어떻게 구현하겠는가?

　　……미국의 왼쪽 끝으로 이동했다.

　　캘리포니아주 로스앤젤레스 카운티 할리우드.

　　화려한 조명, 별들의 고향, 사시사철 화창한 날씨로 유명한 도시.

　　배경을 채우는 등장인물들을 어떻게 묘사하겠는가?

그를 클리프라고 부르겠다. 동그란 안경, 모발보다 두피가 더 많이 보이는 머리, 두둑한 뱃살, 가죽 샌들을 신은 40대 후반 남자.

독자가 배경을 생생하게 느낄 수 있도록 어떤 디테일을 포함할 수 있는가?

곳곳에 널린 잡동사니가 집주인에 대해 많은 걸 알려줬다. 플리트우드 맥의 앨범, 캣 스티븐스의 앨범, 초능력자 잉고 스완의 원격 투시 관련 메모들, 부처상, 꽁초가 빼곡한 재떨이, 책《당신의 초능력을 개발하는 방법》…….

당신이 구상하는 배경과 관련된 위기 사건이 있는가? 그렇다면 그 사건이 어떤 변화를 불러왔는가?

그날 밤 나는 차도에 혼자 앉아있다가 깨달았다. 이곳에는 나를 얼음 연못에서 건져줄 사람이 없다는 것을. (…) 이대로 내가 쓰러지면 누가 내게 방 한 칸 내어줄까? 그조차 확신할 수 없었다.

배경을 구상할 때는 지리, 날씨, 건축물에 대한 디테일을 반드시 포함하라. 그리고 인물의 기억에서 살아 숨 쉬는 미묘

한 디테일도 잊지 말자.

잔디 비료와 쥐덫이 쌓인 철제 선반 옆에는 여행 가방과 남성용 운동화 한 켤레가 놓여 있었다.

시각뿐 아니라 청각과 후각 디테일도 활용하자. 지나온 배경에서 뭘 보고 어떤 소리를 듣고 어떤 냄새를 맡았는지 떠올려 보자.

가출 상담 전화번호와 소변으로 얼룩진 버스 정류장.
재스민 향이 실린 산들바람이 방 안의 죽은 기억의 잔재를 휘저었다.
화려한 연기로 얼룩진 유리…… 녹색 빛이 나는 비눗방울……

배경의 역할을 정하라. 영구적인가 일시적인가? 완전히 다른 세계인가? 미국 시나리오 작가 로드 설링(Red Serling)의 표현대로 배경은 "그림자와 실체, 사물과 개념이 존재하는 또 다른 차원"일 수도 있다. 열쇠 구멍을 통해 들여다보자. 그리고 상상력과 기억이라는 열쇠로 배경의 문을 열어 보자.

○ 당신이 쓰려는 글의 배경이 독특하고 구체적인가, 아니면 평범하고 일반적인가?

○ 감각적인 요소들을 사용하여 배경을 자세하게 구현하라.

○ 당신이 지냈던 환경과 장소의 목록을 작성하라. 어떤 기억과 감정, 감각이 떠오르는가?

○ 배경으로 인해 발생할 수 있는 갈등 요소를 고려하라.

○ 당신에게 집이란 어떤 의미인가?

○ 당신이 구상하는 이야기 속 인물에게 집은 어떤 의미인가?

○ 인물의 과거사에서, 그리고 당신의 과거사에서 배경은 어떤 역할을 하는가?

○ 특정 환경에 대한 인식이 시간이 흐르며 변화했는가? 과거

의 배경이 현재 당신의 삶에 어떤 영향을 미치고 있는가?

○ 과거의 배경에 직접 방문해 보라. 무엇이 다르게 보이는가?

○ '도대체 내가 여기서 뭐 하는 거지?'라는 생각이 들었던 순간을 떠올려 보자. 그때의 경험을 글로 써 보자. 당시의 환경과 느낌을 묘사해 보자.

○ 배경은 당신의 초등학교 시절의 교실이다. 그 공간에서 보고, 듣고, 냄새 맡고, 만지고, 맛본 것을 떠오르는 대로 묘사해 보자.

○ 잠시 눈을 감고 '휴가'라는 단어를 곱씹어 보자. 특정 장소와 시간이 떠오르는가? 어떤 환경이었는가? 몇 문단으로 묘사해 보자.

○ 예전에 살던 동네나 모교에 찾아가 보자. 어떻게 달라졌는가? 그때의 기억과 감정이 남아 있는가? 다시 방문했을 때 무엇을 느꼈고 어떤 영향을 받았는가?

○ 인생에서 힘겨웠던 시기를 떠올려 보자. 그때 어디에 있었
  는가? 그 경험과 환경에서 어떤 감정들을 느꼈는가? 보편
  적인 감정인가, 주관적인 감정인가? 당신의 이야기 속 인물
  의 경험에 그 감정들을 엮을 수 있는가?

원더랜드 갱단

로스앤젤레스 내 마약 밀매와 라이벌 갱단 털기는 원더랜드 갱단으로 알려진 일당 7명의 주업이었다. 1981년 7월 1일, 이들 중 4명이 로럴 캐니언의 2층 주택에서 살해된 채 발견됐다. 간밤에 비명을 들은 이웃들이 경찰에 신고했지만, 종종 시끄러운 파티가 벌어지는 임대 주택이었기에 신고는 무시되었다.

Q: 원더랜드 갱단 중 전사한 미군의 시신에 마약을 숨겨 유통한 혐의로 유죄 판결을 받은 조직원은 누구인가?

LA 폭동

1992년 배심원단은 흑인 운전자 로드니 킹을 잔인하게 구타한 LA 경찰관 4명에게 무죄를 선고했다. 이 판결에 대한 분노와 충격으로 로스앤젤레스에서는 5일간 폭동이 이어져 약 50명이 죽고 2,000명이 다쳤으며 12,000명이 체포됐다. 1,000개가 넘는 건물이 파손되고 공공 서비스가 중단됐으며 곳곳에서 출근과 등교가 제한되었다. 결국 폭동을 진압하고 도시의 질서를 회복하기 위해 3,500명의 연방군이 투입되었다.

Q: 미국에서 폭동으로 분류되려면 얼마나 많은 사람이 집
단적 소요에 가담해야 하는가?

노스리지 지진

1994년 1월 17일 새벽 4시 30분, 규모 6.7의 강진이 로스앤
젤레스를 흔들어 깨웠다. 지붕과 고속도로가 주저앉고 건물
이 휘청거렸다. 20초도 채 안 되어 수십억 달러의 피해가 발
생했고, 10만 명이 넘는 사람이 일시적으로 집을 잃었다. 이
파괴적인 지진으로 인해 NASA 및 관련 기관들은 단층의 움
직임과 향후 지진 발생 확률을 예측하기 위해 추가 GPS 관측
소를 배치했다.

Q: 인류 역사상 가장 큰 지진은 언제 어디서 발생했는가?

초능력

1930년대 듀크 대학교의 한 부부 연구팀은 초능력에 관한
증거를 수집하기 위해 일련의 초자연적 심리 현상을 실험했
다. 일례로, 피실험자들은 둘씩 짝을 이뤄 한 사람이 카드를
보면 다른 사람이 어떤 카드인지 맞히려고 했다. 비록 초능력
을 믿지 않는 사람이 훨씬 많았지만 일부 사람들은 독심술, 정

신 감응, 천리안 등을 연구하는 데 자신의 경력을 바쳤다. 심지어 CIA와 같은 기관에서도 초능력 관련 연구에 수백만 달러를 투자했다.

Q: 초능력은 육감과 같은 개념인가?

대화문

6

이야기에서 적절한 대화문은 플롯을 이끌고, 인물의 성격을 드러내고, 감정을 강화하고, 배경에 생동감을 불어넣는다. 대화문을 잘 살리려면 주의 깊게 듣는 훈련이 필요하다.

대부분의 경우 우리는 단순히 듣기만 하지, *경청하지는 않는다*. 하지만 일부러 귀 기울이지 않아도 다음과 같은 목소리의 특성은 종종 우리 귀를 뚫고 들어온다.

음색: 밝음, 어두움, 따뜻함, 탁함 등 목소리의 감각적 특색.

억양: 목소리의 독특한 상승과 하강.

운율: 목소리의 리드미컬한 흐름과 변조.

위의 요소들을 포함하면 대화문이 더욱 생생해진다.

예를 들어, 동화 《샬롯의 거미줄》의 도입부에서 주인공 펀은 아버지가 아기 돼지를 없애려고 돼지우리로 간다는 말을 듣고 나서 이렇게 말한다.

"없앤다고요?" 펀은 *빽* 소리쳤다. *"죽인다는 거예요? 그저 다른 애들보다 작다는 이유로요?"*

펀의 날카로운 음색, 의문문의 연속에서 분노와 다급함이 느껴진다.

잘 다듬어진 대화문의 예는 무궁무진하지만, 꼭 책을 통해서만 접할 수 있는 것은 아니다.

나는 어릴 때 부모님을 따라 디트로이트의 이스턴 마켓에 있는 이탈리안 레스토랑에 자주 갔다. 마피아들의 모임 장소로 유명한 곳이었다. 나는 그 레스토랑의 몽환적인 분위기를 좋아했지만, 그곳에서의 저녁 식사는 보통 3시간 넘게 이어졌기에 주변 테이블의 대화를 엿들으며 시간을 보내곤 했다.

나는 빨간 테이블보에 시선을 고정한 채 포크를 만지작거리며 근처 테이블의 대화에 귀를 기울였다. 양 갈래 머리에 에나멜 구두를 신은 여자아이가 자기 말을 엿듣고 있다고 의심할 사람은 아무도 없었다. 나는 주위의 세 테이블의 소리를 들을 수 있었다.

테이블 1: "그래서 내가 이렇게 말했지. 이봐, 이건 당장 여기서 해결할 수 있어."

테이블 2: "혹시 불편해요, 도널드? 예전에는 그렇게 좋아했으면서."

테이블 3: "지노의 여동생이 아카풀코에서 그걸 옮아온 거야, 여보. 정말 끔찍했어⋯⋯."

대부분 그냥 엿듣기만 했지만, 저녁 식사가 유난히 길어지면 나는 주위들은 대화를 바탕으로 인물과 플롯을 연상하고 머릿속으로 그들의 대화를 이어나갔다.

집에 돌아오는 차 안에서 가족들에게 내가 들은 이야기를 들려주곤 했다. 기저귀 발진과 비슷한 증상을 일으키는 아카풀코 지역의 옴진드기, 타이어 지렛대를 이용한 기발한 해결책, 에일린이 입는 란제리에 점점 불편함을 느끼는 도널드.

"남의 대화를 엿듣는 건 예의가 아니야." 아버지는 늘 점잖았다.

"그래서 도널드가 에일린에게 뭐라고 했어?" 어머니는 늘 호기심이 많았다.

나는 사람들의 말투, 말버릇, 대화의 흐름을 곧잘 포착해 재현했다. 나에게는 대화가 음악처럼 들렸다. 술에 취해 큰소리로 주고받는 대화보다 조용하고 긴밀하게 주고받는 대화가 더 흥미로웠다. 주의 깊게 들을수록 말의 흐름과 개성을 포착할 수 있다.

어색하고 딱딱한 대화는 이야기의 감정선을 방해한다. 대화문을 작성할 때는 생각을 멈추고 귀를 기울여 보라. 잠시 기억을 돌이켜 보라. 학창 시절에 만난 불량 학생들은 어떻게 말했는가? 부모님과 조부모님을 떠올려 보자. 그들의 말투를 흉내 낼 수 있는가? 예전 스승, 상사, 멘토의 말투를 떠올려 보라. 그들이 즐겨 사용하던 표현이나 말버릇이 있는가? 그들이 특정 단어를 오용한 적 있는가? 다음과 같이 상상해 보자.

긴장된 분위기의 회의실에서 부서장이 땀을 뻘뻘 흘리며 직원들에게 호소한다. "여러분, 나는 여러분을 항문 검사(proctologize)하려는 게 아닙니다. 그런 건 내 스타일 아닌 거 알잖아요. 하지만 이게 무엇이 걸린 문제인지 이해해야 합니다."

부서장이 말하려던 단어는 사실 항문 검사가 아니라 '개종(proselytize)'이었다. 단어 하나를 잘못 말한 탓에 그 회의는 결코 잊을 수 없는 회의로 남았다.

이러한 의도치 않은 말실수, 자연스러운 불완전함은 대화문과 등장인물에 현실감과 진정성을 더한다.

대화는 말 사이의 비언어적 표현도 포함한다. 잠시 뜸을 들이거나, 눈썹을 치켜세우거나, 손을 주무르거나, 시선을 이리저리 옮기는 것도 대화의 일부다. 사람은 표정과 몸짓으로도 말한다. 표정과 몸짓은 텍스트에 생동감을 불어넣는다.

예시 1: "그럼, 엄마가 정말 좋아하실 거야." 짐이 말했다.

예시 2: "그럼." 짐이 비죽 올라가는 입꼬리를 꾹 누르며 말했다. "엄마가 정말 좋아하실 거야."

이렇게 말 사이에 표정이나 몸짓을 삽입하면 많은 것을 전달할 수 있다. 예시 1에서 짐은 진솔해 보이지만 예2에서 짐은 꿍꿍이속이 있어 보인다. 굳이 '짐이 비꼬듯이 말했다'라고 설명하지 않아도 독자는 짐의 능글맞은 표정을 통해 그 속내를 짐작할 수 있다. 표정과 몸짓은 플롯을 강화하거나 갈등 요인을 나타낼 수 있다. 짐의 표정은 의심을 불러일으킨다. 짐은 동생을 골탕 먹일 속셈일까? 독자는 짐을 신뢰할 수 있을까? 보통 신뢰할 수 없는 인물이 더 흥미롭다.

당신도 짐처럼 겉과 속이 달랐던 사람을 만난 적 있는가? 말과 실제 의도가 일치하지 않는 사람은? 진지하게 대화에 임하는 척하면서 실제로는 당신을 깔보던 사람은? 그렇다면 당신은 그것을 어떻게 눈치챘는가?

내가 한창 살이 쪘던 시절에 할리우드의 어느 레드 카펫 행사에 참석했다가 아는 기자와 마주쳤다.

"루타, 자기야!" 그녀는 나에게 볼 키스를 하고 나를 위아래로 훑어봤다. 붉은 입술이 꿈틀거렸다. "와, 그간…… 푹 쉬었나 봐. 녹색 실크 드레스라니, 대담한데? 쉽지 않은 색인데."

대화는 말하는 *내용*뿐 아니라 말하는 *방식*과 말하지 *않는* 내용도 포함한다.

친근한 호칭과 볼 키스가 무색하게도 그녀의 인사는 손톱만큼도 반갑지 않았다.

대화문을 작성할 때는 움직임, 멈춤, 시선, 역동성의 변화에 주목하자. 구두점을 활용하자. 말줄임표와 느낌표 등을 적절히 사용하면 대화의 리듬이 살아난다.

"와, 그간…… 푹 쉬었나 봐."

위 문장에서 말줄임표는 할 말을 고르는 기색을 전달한다. 짧은 정적이 모욕의 순간을 강조한다.

당신이 쓴 대화문을 소리 내어 읽어 보라. 인물의 나이보다 어른스럽게 들리거나 어리게 들리지는 않는가? 글의 배경과 시대에 어울리는 언어를 쓰는 것도 중요하다. 자료 조사를 통해 그 지역과 시대의 사람들이 어떻게 말하는지 파악하라.

직업별 말투도 있다. 의사, 장의사, 자동차 판매원, 승무원 등의 직업인은 일터에서 특유의 말투를 쓴다. 영매라는 초자연적 직업을 가진 내 친구는 가끔 영적인 말투로 나를 놀라게 한다. 한 번은 돌아가신 내 리투아니아 할머니와 똑같은 말투로 우리 가족만 알아듣는 농담을 전해 줬고, 또 한 번은 죽은 의사에 빙의해 나에게 좌골 신경통에 대해 조언하는 음성 메시지를 남기기도 했다. 기이하지만, 역시 귀 기울여 듣는다. 모두 자료 조사이자 귀 훈련이다.

오래된 영상을 찾아보자. 대화할 때의 목소리, 표정, 몸짓, 손짓을 눈여겨보자.

텐텐은 철제 의자를 발로 툭 밀어서 자리에 앉더니 나를 향해 고개를 까딱했다.

"반가워, 스노."

기억을 바탕으로 소설의 대화문을 쓸 때는 예전 대화를 그대로 옮기지 말고 당시의 분위기와 감정만 활용해 새로운 대화를 구상하자. 예를 들어 누군가와 언쟁을 벌인 기억을 되살려 소설의 대화문을 쓴다면 그 대사들은 실제 인물의 말이 아닌 작품 속 인물의 말이어야 한다.

에세이나 회고록을 쓸 때도 다른 사람의 말을 인용할 때는 주의하자. 좋은 글쓰기의 목표는 비난이나 폭로가 아닌 성찰과 이해, 공감이다.

기억에 남는 대화들을 회상해 보자. 당시의 리듬과 분위기를 떠올려 적어 보자. 시간이 꽤 흐른 뒤 지난 대화를 회상하면 그 당시에 놓쳤던 이면을 발견할 수 있다. 또는 자신의 처지나 위치가 달라졌을 수도 있다. 세월이 흐르면서 자녀가 부모가 되기도 하고 교사가 학생이 되기도 한다. 어떤 대화가 기억에 가장 생생하게 남아 있는가? 어떤 환경에서 어떤 인물과 나눈 대화인가?

옛 대화를 곱씹어 보는 것이 삶에 도움이 된다면 언제, 어떻게 도움이 될까? 내 답은 다음 편지글에 있다.

2021년 3월

아빠, 저는 지금 이 책의 '대화문' 챕터를 쓰며 독자들에게 지난 대화들을 회상해 보라고 권하고 있어요. 글을 쓰다 보니 제 기억들도 되돌아보게 되었어요. 잊고 있던 대화들이 갑자기 손만 뻗으면 닿을 것처럼 생생하게 다가와요. 나무에 주렁주렁 열린 과일처럼요.

어떤 것은 탐스럽고, 어떤 것은 푹 익고, 어떤 것은 설익고, 어떤 것은 벌레 먹고. 수많은 선택지가 '날 골라줘!' 하고 외치고 있었어요.

하지만 제가 가장 끌리고 자주 떠올리는 대화는 바로 아빠와 나눈 대화들이에요.

물론 우리의 관점은 다르죠. 어떤 대화는 아마 기억도 안 나실 거예요. 제 관점이 어린 여자아이의 관점인 경우도 있고요. 과연 신뢰할 수 있는 렌즈일까요?

동심. 저는 그게 순수한 렌즈라고 생각해요. 일상적인 대화에 숨은 감정적 진실을 포착하는 렌즈요.

"다른 애들이 놀리든 말든 무슨 상관이야? 그래, 넌 지금 미운 오리 새끼야. 하지만 두고 봐." 엄마가 담배로 저를 겨누고 말했어요. "걔들은 곧 살이 두둑하게 찔 거고 넌 터번을 쓰면 아주 근사해 보일 거야."

터번? 따돌림당하는 딸을 위한 엄마만의 처방이었을까요? 그때 저는 고작 7살이었지만 아직도 그 순간이 선명히 기억나요. 아마 아빠는 기억 못 하시겠지만 우리는 그때 함께 웃었어요. 아빠는 출근하려고 검은 서류 가방을 들고 막 부엌을 나서고 있었죠.

"너는 오리가 아니라 백조야." 아빠가 말했어요. "모든 아이는 아름답단다."

아빠는 종종 그렇게 말씀하셨죠.

당시에는 의심스러웠지만 지금은 더없이 동의해요. 모든 아이는 정말로 아름다워요.

덧붙여 그 점을 지적해 준 아빠의 관점도 아름다워요. 그 대화는 제 안에 또렷이 남았답니다.

제가 기억하는 또 다른 대화가 있어요.

아빠는 자신의 직업과 일터를 무척 사랑하셨죠. 지금은 은퇴하셨지만 당시 상업 예술 분야에서 최고의 경력을 자랑하셨죠. 벌집처럼 활발하게 운영되던 아빠의 그래픽 디자인 스튜디오가 떠올라요. 다양한 미술가, 삽화가, 사진작가, 편집자, 타이포그래피 디자이너들이 활동하는 창작의 장이었죠. 그들은 촛불, 음악, 담배와 함께 신발을 벗고 자유롭게 작업했어요. 매주 휠스라는 부키(bookie)가 베팅을 받으러 들르곤 했죠. 휠스 기억하세요, 아빠?

아빠는 영업팀을 자주 칭찬하셨어요. 그들은 늘 사무실에 없어서 저는 그들을 본 적 없지만요.

"대낮부터 고객들이랑 술 마시느라 바쁘거든. 주정뱅이들이지." 엄마가 말했어요.

"함부로 말하지 마. 사실도 아니고." 아빠는 부정했지요.

조금은 사실이었을지도요? 한 영업 사원이 사무실에서 오줌을 싸고 곯아떨어졌다는 얘기를 엄마에게 들었던 기억이 나요. 자기 책상에서, 오후 2시에요.

아빠의 일터는 늘 즐거웠어요. 저는 주말에 가끔 놀러 가곤 했죠.

응접실이 특히 생생히 기억나요. 입구에 들어서면 아치형의 아주 큰 그림이 그려진 검은 벽이 반갑게 맞이해줬죠. 노란색, 초록색, 흰색 빛을 쏘는 디스코 볼도요. 응접실은 바비가 전화를 받고 손님을 응대하는 영역이었어요. 바비의 흰 책상 옆에는 철제 화분과 다이아몬드 모양 의자가 놓여 있었죠.

"안녕하세요, 서페티스 앤드 어소시에이츠입니다." 바비는 늘 밝고 친절하게 손님을 응대했어요. 저도 그 대사를 연습했답니다. 언젠가 대역이 필요할지도 모르니까요.

원래 방문 손님은 바비의 안내를 받아 창작 스튜디오에 입장하지만, 주말에는 바비가 없으니 제가 저를 안내했어요. 복도를 따라 유리창 너머로 여러 작업실을 구경했어요. 모든 작업실이 독특하고 흥미롭게 느껴졌죠. 어떤 방은 컬러풀하고, 어떤 방은 코르크 벽화로 가득하고, 어떤 방은 팬톤 색상표, 아크릴 스프레이 캔, 알파벳 스티커, 고무 접착제 병 따위가 어지럽게 쌓여 있었어요. 일급비밀인 광고 캠페인을 구상 중인 철통 보안 작업실도 있었죠.

복도에는 회사의 인기 디자인들이 세련된 검은색 액자에 담겨 나란히 걸려 있었어요. 그리고 복도 끝, 채광이 좋은 방이 바로 아빠의 사무실이었죠. 솔직히 말해 작업실만큼 흥미롭지는 않았어요.

"안녕, 우리 딸." 아빠는 항상 웃으며 들어오라고 손짓하셨어요.

아빠가 앉은 긴 유리 책상 앞에는 찰스 폴락 의자가 두 개 놓여 있었어요. 그 의자에 앉으면 매우 격식 있는 느낌이 들었죠. 네, 지금도 똑같은 책상과 의자를 가지고 계시죠.

라디오에서는 늘 부드러운 재즈가 흘러나왔어요. 아빠의 사무실은 포근하고 우아했지만 다른 곳들만큼 개성 있지는 않았어요.

아빠의 차림새도 그랬고요.

아빠는 늘 말쑥한 정장과 구두 차림으로 일했죠. 개인적인 물품으로 가득한 작업실들과 달리 아빠의 사무실은 그 흔한 사진 액자 하나 없었어요.

그 당시 회사 사람들은 아빠가 아마추어 축구 선수라는 것을 알았을까요? 리투아니아어와 독일어를 할 줄 아는 것은요? 금요일마다 잔디를 깎고 토요일마다 저를 마임 수업에 데려다주는 것은요?

"그래서, 오늘 계획은 뭐니?" 의자에 앉아 빙빙 도는 저에게 아빠가 물었어요.

"음, 마커 펜 좀 빌려도 돼요?"

"마커 펜? 그러렴."

우리는 복도를 따라 걷다가 열린 문 앞에서 멈췄어요. "이 방에 마커 펜이 제일 많더라고요."

"아, 여긴 다른 사람의 개인 사무실이야. 제작실에서 몇 개 가져다 주마."

저는 유리창 너머로 보이는 커다란 마커 펜 진열대에서 눈을 떼지 못했어요. 백 가지가 넘는 색상이 절 유혹했죠.

아빠가 제 어깨를 다독였어요. "여긴 예술가들의 개인 공간이야. 이해하지?"

저는 고개를 끄덕였어요. 아빠는 늘 남들을 배려했죠. 우리 동네 애들은 아빠를 '정중한 아저씨'라고 불렀어요. 알고 계셨나요?

"왜 어떤 남자들은 머리를 길러요?" 제작실로 가는 길에 제가 물었어요.

"그들은 예술가거든."

"아빠도 예술가잖아요. 예술 학교를 나왔으니까."

"그래, 나도 예술가적인 면모가 있지. 하지만 나는 사업에 더 관심이 많단다. 진정한 예술가는 어딜 가든 자기 세계를 탐구하고 표현해야 해. 사업성보다 창작열이 그들의 원동력이지."

저는 그 대화를 통해 순수 예술과 상업 예술의 차이를 어렴풋하게나마 이해했어요. 아빠의 원동력은 창작열보다 사업성이었죠. 그래야만 했고요.

아빠는 난민 출신으로서 한때 모든 걸 잃었다가 재기하고 재건했죠. 재능 많은 아빠에게는 뭐든 가능했지만, 뭐든 계획이 있어야 했어요. 기억하시죠?

아빠는 안전망 없이 위험을 감수하곤 했어요. 모든 여정이 위대한 모험이었죠. 아빠는 '믿으면 된다'를 좌우명으로 삼고 매번 자신을 믿고 나아갔어요. 우리 세 남매도 그렇게 가르치셨고요.

아빠는 나이듦을 두려워하지 않았어요. 아빠의 책상 달력 옆에는 에밀리 디킨슨의 명문장이 붙어 있었죠. *우리는 늙어가는 게 아니라, 나날이 새로워진다.*

지금 다른 고도에서 바라보니 정말 놀라워요. 아빠는 실패도, 파산도, 노화도 두려워하지 않았어요. 나날이 새로워졌어요. 그리고 우리도 그러도록 격려해 주셨죠.

"주택 담보 대출을 또 받자고?!" (오, 엄마의 비명이 기억나시나요?) "집을 잃으면 어쩌려고?"

"다 계획이 있어."

아빠는 늘 계획이 있었죠. 상황이 바뀌면 얼른 적응하여 새로운 계획을 세웠고요. 낮에는 정장, 밤에는 축구 유니폼을 입고 뛰었어요. 골절, 뇌진탕, 무릎 수술, 심장 마비까지 겪었지만 매번 더 나은 모습으로, 더 새로워진 모습으로 일어났죠. 그 와중에 우리의 모든 학교 행사와 발표회에 빠짐없이 참석했고요.

저는 대학 졸업 후 아빠에게 진로 상담을 요청했어요. 그 대화도 생생히 기억납니다.

"로스앤젤레스로 가서 로큰롤 매니저가 되고 싶어요."

"좋아! 계획이 뭐야?" 아빠가 바로 노란색 노트 패드를 집어 들며 물었어요. "너 자신을 위한 계획과 네 고객들을 위한 계획이 필요해. 10년 앞을 내다보고 세워 봐. 고생스럽겠지만 넌 해낼 거야. 믿으렴."

믿으렴? 세상에 어떤 아빠가 대학교를 갓 졸업한 막내딸을 말도 많고 탈도 많은 로큰롤 소굴로 떠나게 하나요? 그것도 돈도 인맥도 경험도 없이 달랑 사업 계획서만 들고서?

하지만 아빠의 그 한마디는 정말 믿음직했어요. 아빠는 제가 해낼 거라고 저 자신보다 더 굳게 믿고 계셨죠. 네, 아빠는 그러셨어요.

세월이 흘렀고, 아빠가 옳았어요. 그때 세운 계획을 달성하기까지 10년이 걸리더군요. 그 여정 사이에 수많은 논의가 있었죠. 우리만의 정상 회담은 제가 디트로이트와 로스앤젤레스를 떠나 내슈빌로 이사하고 전업 작가로 전향할 때까지 계속되었어요. 네, 당연히 그때 아빠가 했던 말을 기억하고 있어요.

"책을 쓰겠다고? 멋진데! 넌 해낼 거야."

아빠는 75세까지 축구를 하셨고, 81세에 마지못해 일선에서 물러나셨죠. 진단은 83세에 내려졌어요.

아빠는 검사실에 있었고 저는 복도에서 의사를 만났어요.

"아버님이 운동을 꽤 오래 하셨다고 했죠? 이 질환은 운동 중 부상과 관련 있을 수도 있어요. 아버님이 부상 경험이 많으신가요?"

운동 중 부상?

문득 마티니를 좋아하는 의사와 통화하던 엄마의 목소리가 떠올랐어요.

"안녕하세요, 칼. 오늘 밤에 우리 그이 상처 좀 꿰매줄 수 있나요?"

운동 중 부상?

"내 사랑, 나야. 네 아빠 전신 깁스했을 때 기억하지?"

운동 중 부상?

또…… 뇌진탕. 기억 상실증.

저는 마른침을 삼켰어요. "네, 많아요. 부상 경험."

아빠는 물론 전혀 신경 쓰지 않았죠. 너무나 아빠다웠어요.

"왜들 그래. 내 나이가 여든셋이야. 관절염도 있고 척추관 협착증도 있어. 다들 자기만의 문제를 안고 사는 거야."

우리는 계획을 세우고, 아빠를 설득했어요.

하지만 아빠는 전혀 바뀌지 않았어요. 여전히 골프를 치고 제트 스키를 타고 실내 운동도 했죠. 엄마를 잃고 나서는 3년 내내 우셨고요. 아빠는 인생의 모든 순간에 충실했어요.

"언제 진단 받으셨죠?" 복싱 수업 중에 강사가 아빠에게 물었어요.

"무슨 진단요?" 어리둥절한 아빠에게 제가 귀띔했어요. "아, 그거. 괜찮아요. 별거 아니니까."

아빠는 정말 그렇게 믿고 계속 나아갔어요.

상태가 점점 안 좋아져도 계속 나아갔어요.

우리에겐 계획이 있었죠. 그 계획을 실행해야겠다고 생각한 날이 떠올라요.

정기 검진 차 신경과 진료실에 함께 앉아있을 때였어요. 갑자기 아빠가 걱정스러운 표정으로 절 보고 말했죠. "내 동생 작가 활동은 누가 도와주지? 책도 쓰고 투어도 다니려면……."

아빠의 동생이요? 아뇨, 저는…….

오. 그 순간 깨달았죠. 우리 대화의 틀이 변하고 있다는 것을요.

저는 미소 지으며 아빠의 손에 제 손을 겹쳤어요.

"좋은 사람들이 물심양면으로 돕고 있대요. 걱정하지 마세요."

아빠 어깨가 한결 누그러졌어요. "다행이네, 다행이야."

이제 우리의 대화 내용은 달라졌어요. 약물 치료, 균형 요법, 여러 전문의와의 만남. 계획은 여러 번 다시 쓰였고, 아빠의 기억을 자극하기 위해 저는 틈만 나면 이렇게 회상의 편지를 써서 읽어 드리죠.

비록 몸은 예전 같지 않지만, 아빠는 늘 그래왔듯이 용감하고 강인하게 지내고 계세요. 아빠도 거기서 위안을 얻으시겠죠. 제가 우리의 추억에서 위안을 얻듯이요. 때로는 이렇게 글을 쓰는 게 도움이 돼요.

"점점 나아지고 있다. 내일은 더 나아질 거야."

아빠는 진심으로 그렇게 믿고 계세요. 그리고 저는 매번 아빠가 인지적 한계를 딛고 일어서고 있다고 믿어요.

오전 6시 정각이면 제 핸드폰이 울려요. 화면에 '아빠'라고 뜨죠. 설마 간호사일까요?

"딸아, 그…… 바닐라 맛이 나는 셰이크 말이다. 운동선수들이 먹는 거니? 아니면 그냥 늙은이들이 먹는 거니?"

휴, 그대로네요, 아빠. 저는 기쁜 마음으로 답해요.

"그 셰이크요. 네, 그것도 계획의 일부예요." 제가 그렇게 말하면 아빠는 늘 안심하죠.

지금 이 시점에서는 계획이 딱히 많지는 않아요. 운명이 허락하면 아빠가 마지막 숨을 내쉴 때 함께 할 수 있겠죠. 제가 첫 울음을 터뜨릴 때 엄마 아빠가 함께해 주셨듯이요. 그때까지 힘내세요, 아빠. 아빠가 포기를 모르는 분이어서 우리는 감사할 따름이에요.

네, 어떤 날은 아빠의 예전 모습을 떠올리기 어려워요. 하지만 괜찮아요. 이렇게 과거에 나눴던 대화들과 아빠가 사랑했던 문장을 떠올리며 위안을 얻으니까요. 지금 그 문장이 어느 때보다 절절히 와닿거든요.

우리는 늙어가는 게 아니라, 나날이 새로워진다.

기억에 남는 대화. 잊고 싶은 대화. 차마 못 한 대화.

이는 모두 우리 안에 존재하는 이야기의 재료다. 어떻게 하면 가장 잘 접근할 수 있을까?

자신이나 타인에게 쓰는 편지 형식의 글은 기억의 문을 여는 데에 도움이 된다. 이전 꼭지에서 나는 기억을 잃어 가는 아버지에게 편지를 쓰며 아버지와의 추억과 대화를 발굴했다. 아버지가 사랑했던 시절로 돌아가 감각의 디테일에 둘러싸였다. 상업 디자인의 세계는 내가 아버지를 가장 선명하게 느끼고 들을 수 있는 배경이다.

대화가 더 선명하게 기억나는 장소나 시기가 있는가? 그 대화 중 어느 대목이 유독 생생한가? 실제로 나눈 대화인가, 내면과의 대화인가, 아니면 차마 못 한 대화인가?

우선 '나'의 관점에 집중하라. 같은 시간과 장소에 있어도 사람마다 관점이 다르기 때문이다. 앞서 아버지와의 대화를 떠올릴 때 나는 내 형제들의 관점이나 의견은 포함하지 않았다. 그들은 내 절친한 친구이자 신뢰할 수 있는 동료다. 아마 나보다 아버지와 더 가까운 사이일 수도 있다.

하지만 인간의 기억은 선택적이다. 우리는 자기만의 기억과 관점으로 자신만의 이야기를 쓴다.

기억은 우리의 정체성을 형성하지만, 그 궤적을 추적하기는 쉽지 않다. 군데군데 빙판과 돌부리가 있기 때문이다. 아르헨티나의 작가이자 철학자인 호르헤 루이스 보르헤스는 이렇게 표현했다. "우리는 우리의 기억이다. 변화무쌍, 뒤죽박죽, 깨진 거울 더미로 이뤄진 박물관이다."

우리는 다양한 기억의 조각과 형태를 섞고 엮어서 대화문을 만들어 낼 수 있다. 하지만 사적 대화를 인용할 때는 주의를 기울여라. 우리는 모두 실수를 한다. 우리는 모두 누군가의 이야기에서 악당이다. 누군가가 나와의 기억과 대화를 글로 묘사한다면 어떻게 묘사하길 바라는가? 기억과 감정 사이의 미끄러운 빙판을 어떻게 헤쳐 나갈 수 있을까?

기억.

변화무쌍. 깨진 거울.

말로 한 것과 말로 하지 않은 것들.

언어와 비언어.

외면과 내면.

그 모든 게 일종의 대화다.

○ 대화문을 잘 쓰는 비결은 적극적인 경청이다.

○ 자신이 쓴 대화문을 소리 내어 읽고 어색하게 들리지 않는지 확인하라. 다른 사람의 입을 빌려도 좋다.

○ 실제 대화에는 종종 인간적인 말실수와 불완전한 리듬이 포함된다.

○ 당신이 쓴 대화문을 다른 사람들에게 보여주고 각 대사가 인물의 나이에 맞게 들리는지 물어보라.

○ 대화는 표정이나 몸짓도 포함한다. 당신이 쓴 대화문에 비언어적 표현을 적절히 넣어 보라.

○ 말하는 내용뿐 아니라 말하는 방식과 말하지 않는 내용도 묘사하라.

○ 일상적으로 듣는 목소리의 리듬과 음색에 귀를 기울여 보

라. 사람들은 어떻게 말하는가?

○ 과거의 어떤 대화가 기억에 가장 선명하게 남아 있는가? 그 이유는 무엇인가?

○ 특정 기억을 떠올리게 하는 배경이 있는가? 그 배경을 자세히 떠올려 보라.

○ 다른 사람의 말을 인용할 때는 주의하라. 자신의 관점에서 말하라.

○ 기억에 남는 대화를 떠올려 보자. 글감 저장소에 기록하거나 원하는 흐름으로 각색해 보자.

○ 다른 사람들과 함께 찍은 사진이나 잡지의 사진을 하나 골라 사진 속 장면에 어울리는 대화문을 작성해 보자.

○ 다음의 밋밋한 대화문에 비언어적 요소를 넣어 생동감을 불어넣자. 대화문이 어떻게 바뀌는가? 다양하게 시도해 보자.

"잠깐, 뭐라고?" 토드가 말했다.

"알아들었잖아." 켈리가 말했다.

○ 운전 중 차가 고장났다. 운전자와 동승자의 대화 장면을 써 보자. 대화에 여러 가지 갈등 요소를 더해 보자. (예: 한적한 시골길, 궂은 날씨 등)

○ 어느 밴드의 두 멤버가 새 앨범의 커버 디자인에 대해 논의 중이다. 한 명은 주목받는 것을 좋아하는 자기중심적인 외향인이고, 다른 한 명은 예술 감각과 몽상가 기질이 있는 내향인이다. 두 사람의 대화문을 작성해 보자.

프로이트의 말실수

숨겨진 무의식이 드러나는 실언이나 말실수를 정신분석학자 지그문트 프로이트의 이름을 따 프로이트의 말실수 또는 착행증이라고 한다. 예를 들어 예상치 못한 손님이 집에 찾아왔는데 자기도 모르게 '어서 와' 대신 '어서 가'라는 말이 튀어나오는 것이다. 프로이트는 이러한 말실수도 무의식에서 나오는 의사소통이라고 판단했다.

Q: 〈실언(Slip of the Tongue)〉이라는 앨범을 낸 헤어 메탈 밴드의 이름은 무엇인가?

부키

부키(Bookmaker의 줄임말)는 각종 스포츠 경기에서 합의된 배당률로 베팅을 받고 배당금을 지급하는 사람이나 단체를 말한다. 수 세기 동안 부키라는 용어는 불법 도박과 관련이 있었지만, 2018년 미국 연방 대법원은 스포츠 도박 합법화 여부를 각 주 정부에게 맡기며 사실상 합법화를 허용했다. 그 후 온라인 도박 시장이 확대되면서 북메이킹(bookmaking)은 더 이상 범죄가 아니라 합법적인 직업으로 인식되고 있다.

Q: 베팅을 관리하는 일을 왜 북메이킹이라고 할까?

팬톤 색상표

다크 블루도 아니고 미드나이트 블루도 아닌 그 사이 어딘가.

색조를 말로 설명하기란 아주 까다롭고 주관적 해석의 여지가 있다. 1956년, 미국의 한 광고 회사에서 고용한 로런스 허버트라는 젊은이가 자신의 화학 전공을 살려 팬톤 색상 매칭 시스템(PMS)을 고안했다. 이 시스템은 디자이너와 인쇄업자가 인쇄 작업의 색상을 정확히 지정하고 관리하기 위해 만들어졌다. 각 팬톤 색상에는 고유 번호가 있으며, 이 번호를 사용하면 프로젝트의 구상부터 제작까지 일관된 색상을 유지할 수 있다.

Q: 팬톤 색상은 총 몇 개인가?

에밀리 디킨슨

에밀리 디킨슨은 미국에서 매우 저명한 서정 시인이다. 그녀는 삶, 죽음, 자연, 불멸을 주제로 운율이 돋보이는 짧은 시를 주로 썼다. 디킨슨은 자신이 알고 겪은 삶에 관해 쓰면서 그 안의 신비와 의미를 찾으려 노력했다. 자연에서 고독한 생활을 한 것으로 알려진 그녀는 55세를 일기로 세상을 떠나기 전까지 많은 양의 작품을 남겼다. 디킨슨의 시는 모두 제목이 없어서 첫 구절이 제목을 대신한다.

　Q: 에밀리 디킨슨은 생전에 몇 편의 시를 썼고 몇 편이 출판되었는가?

자료 조사

조사.

어떤 사람들은 이 단어를 듣기만 해도 몸서리를 친다. 학생들이 유독 그럴 거다. 형광등 아래서 몇 시간 동안 책이나 화면을 들여다보며 필기하는 행위가 연상되기 때문이다. 조사라는 단어가 마음에 들지 않는다면 '수사'로 바꿔 보자. 갑자기 흥미가 돋지 않는가?

역사 소설을 쓰는 나에게 자료 조사는 필수이며, 영감을 얻기 위해서도 중요하다. 한 가지 주제를 파고들다 보면 필연적으로 다른 주제로 이어진다. 단서를 추적하고, 빠진 자료를 찾고, 여러 장소를 탐방하고, 취재원과 인터뷰하다 보면 마치 탐정이 된 기분이 들기도 한다.

가장 먼저 자료를 정리하고 보관할 곳부터 정하라. 온라인과 오프라인, 디지털과 아날로그를 통틀어 선택지는 다양하다. 나는 작품 구상 단계에서 탐구 노트를 한 권 새로 산다. 컴퓨터에 문서들과 기사들을 저장하는 동시에 탐구 노트에 개인적인 조사와 인상적인 내용을 기록한다. 책을 완성할 때쯤이면 내 탐구 노트는 작품의 별책 부록이자 기억 저장소가 된다.

자신에게 가장 쉽고 잘 맞는 방식을 선택하라.

어떤 장르를 쓰고자 하는가? 만약 의학 스릴러물을 쓰는데 의학 지식이 부족하다면 현실감을 주기 위해 자료 조사를 많이 해야 한다. 판타지 소설을 쓴다면 아예 새로운 세계관을 창조해야 할 수도 있다.

이야기의 주제를 고려할 때 자문하라.

∨ 이 주제에서 내가 가장 관심 있는 부분은 무엇인가?

∨ 내가 모르는 내용은 무엇인가?

∨ 내가 놓치고 있는 사실은 무엇이며 어디에서 찾을 수 있는가?

가장 관심 있는 부분부터 조사하라. 그래야 흥미와 추진력을 유지할 수 있다.

자료는 무궁무진하다. 인문서, 교과서, 잡지, 신문, 사진, 국가기록원, 박물관, 졸업 앨범, 가계도, 인명록, 지도, 학술 논문, 저널, 회고록, 가족 기록, 요리책, 소셜 미디어, 음악 자료실, 중고 거래 사이트……. 실제 인물을 조사하고자 하면 역사가, 학자, 전문가, 실제 목격자, 가족 등에게 문의할 수 있다.

사진 자료를 참고할 때는 주의하자. 세상사에는 다양한 각도가 있으므로 늘 의문을 제기하는 것이 바람직하다. '프레임 밖에는 뭐가 있을까? 누가 왜 이 장면을 포착했을까? 내가 보지 못한 것은 무엇일까?' 특히 매혹적인 사진이라면 같은 장면을 다른 각도에서 찍은 사진을 찾아보자.

나는 국가기록원에서 자료 조사를 하던 중 몹시 강렬한 사진을 발견했다. 어린 남자아이가 자기 몸보다 큰 무기를 들고 있는 사진이었다. 아이의 얼굴은 공포에 질려 일그러졌고 옷은 피로 물들어 있었다. 머릿속에 한 소년병의 비극적인 이야기가 떠올랐다. 그러다 같은 장면을 다른 각도에서 찍은 사진을 발견했다. 프레임 한 귀퉁이에 내가 첫 번째 사진에서 보지 못한 물체가 있었다. 바로 영화 카메라였다. 내가 처음 본 사진은 실제 장면이 아니라 영화를 위해 연출된 장면이었던 것이다.

고증이 중요한 작품을 쓸 때 이 같은 착오는 큰 실수가 될 수 있다. 따라서 자료의 신빙성을 잘 따져야 한다.

문헌 조사를 완료하고 주제에 익숙해졌다면 개인 인터뷰를 진행할 수 있다.

취재원을 만날 때는 미리 준비해야 한다. 시간은 소중한 자산이다. 누군가가 내어주는 귀한 시간을 헛되이 쓰지 말자. 그 사람이 해당 주제에 관해 글을 썼다면 먼저 그 글을 찾아 읽자. 그 사람의 관심 분야가 있다면 그 분야에 대해 조금이라도 공부하자. 다른 곳에서도 쉽게 구할 수 있거나 널리 알려진 정보를 요구하는 것은 예의가 아니다. 인터뷰 주제를 미리 조사하면 좀 더 유익하고 효율적인 대화를 나눌 수 있다.

인터뷰를 녹음하고 싶다면 적어도 며칠 전에 미리 허락을 구하라. 당일에 "아, 이거 녹음해도 괜찮죠?" 하고 물어보는 것은 옳지 않다. 상대방은 괜찮지 않을 수 있다. 어쩌면 인터뷰에 응하지 않을지도 모른다.

당신이 인터뷰에서 원하는 정보나 디테일이 있을 거다. 하지만 최고의 자료는 예상치 못한 것일 때가 많다. 취재원을 인터뷰할 때는 경험을 더 생생히 떠올릴 수 있도록 감각 기억을 불러일으키는 질문을 던지자.

나는 《침묵의 원천(The Fountains of Silence)》을 집필하면서 프랑코 독재 시절 스페인에 살았던 사람들을 인터뷰했다. 나는 그들의 기억의 문을 열고자 다음과 같은 질문을 던졌다.

어릴 적 살던 집에서 창밖을 내다보고 있다고 상상해 보세요. 뭐가 보이나요? 어떤 냄새가 나나요? 어떤 소리가 들리나요?

그러자 사실과 숫자를 뛰어넘는 정보와 디테일이 쏟아졌다. 레이스 커튼, 꽃무늬 벽지, 파프리카 향기, 버스 배기가스, 살 떨리는 민병대의 군화 소리…….

감각 기억을 자극하면 생생한 정보와 디테일을 얻을 수 있다. 디테일은 배경에 진정성을 더한다.

자료를 조사하고 수집할 때는 객관적 사실뿐 아니라 느낌도 함께 기록하자. 정보를 발견했을 때 느낀 감정이나 정보를 공유한 사람이 전달한 감정을 기록해 보자. 이러한 감정을 글에 녹여내면 좋다. 가능하면 자료 조사를 하면서 초고를 쓰자. 그러면 조사 당시의 감정을 유지할 수 있다. 조사와 글쓰기 사이에 공백이 길면 정보와 연관된 감정이 희석될 수 있다.

그리고 더 많은 정보를 얻을 수 있는 질문을 던지자.

∨ 이 일에 대해 사람들이 잘 모르거나 오해하는 부분이 있

나요?

∨ 더 주목받았으면 하는 측면은 무엇인가요?

∨ 제가 또 누구와 이야기를 나누면 좋을까요?

자료 조사는 주로 취재나 고증의 목적으로 이뤄지지만, 앞서 언급했듯이 영감을 주기도 한다.

작가는 작품의 아이디어를 어디서 얻었느냐는 질문을 자주 받는다. 아이디어는 어디에나 있지만, 그것을 이야기의 소재로 삼으려면 오감을 열고 상상력을 발휘해야 한다.

나는 유품 정리 판매장을 자주 방문한다. 오래된 집 안을 거닐며 눈에 띄는 물건에서 이야기를 찾아내곤 한다. 담배 연기에 그을린 드레스. 조의를 표하는 전보. 먼지 쌓인 트로피. 뒤꿈치가 닳은 신발. 모든 물건에는 이야기가 있다.

성경은 의외로 편지나 일기보다 중요한 정보를 제공할 수 있다. 밑줄 그어진 구절, 기도 카드, 날짜 적힌 메모 등은 지극히 개인적인 정보를 담고 있다. 성경은 종종 금고 역할도 한다. 나는 벼룩시장에서 현금과 수표가 꽂힌 성경을 발견한 적도 있다.

이야기는 우리 주변 곳곳에 살아 숨 쉬고 있다.

집 안을 둘러보자. 모든 물건이 이야기를 담고 있다.

당신의 삶은 다양한 일화로 가득하다. 관계, 직업, 여행, 실수. 당신의 경험을 들여다보라. 특정 기억, 시절, 사건으로 돌아가 다른 관점에서 살펴보라. 질문지를 작성해 당신의 기억을 취재해 보라.

자료를 조사하는 방식은 작가마다 다르다. 그러니 처음부터 형식에 얽매이지 말자. 디테일을 발굴하는 데 중점을 두고 자유롭게 주제를 탐색하자.

나는 수년에 걸쳐 역사와 기억이라는 유리 상자를 들여다보는 나만의 방법을 개발했다. 무슨 뜻이냐고? 이제부터 내가 탐구하며 사색한 내용을 예로 들어 설명하겠다.

이 부분은 내 탐구 노트에서 가져왔다.

탐구 주제: 희망, 굴욕, 은유, 병치를 통한 인물 설정

탐구 질문: 거절의 아픔과 외로움에 긍정적인 면도 있을까? 실패가 거름이 될 수 있을까? 이야기에서 병치는 어떤 역할을 할까?

취재할 기억: 데이트, 밸런타인데이

2월의 정서

2월은 1월의 새로운 다짐이 흐지부지되는 달이다. 겨울에

190

지쳤지만 봄은 아직 멀게만 느껴진다. 세상은 춥고 칙칙하며 피부는 창백하고 푸석하다. 비관적이고 부정적인 기분에 휩쓸리기 십상이다. 자칫하면 냉소주의에 늪에 빠져 헤어 나올 수 없을지도 모른다.

무엇이 우리를 냉소적으로 만들까? 한 번 따져보자. 낮은 기대치? 지레 포기하는 습관? 실망에 대한 두려움? 작가들은 대부분 실망에 일가견이 있다. 잊지 말자. 좌절, 희망, 유머, 수치는 작가의 도구다. 어쨌거나 바닥을 경험해야 행복한 순간을 제대로 음미할 수 있다. 좌절은 인물을 입체적으로 만든다. 실망은 동기 부여와 성장의 원천이다. 감정의 진흙탕에 뛰어들자. 패배자가 된 기분이나 공개적으로 창피를 당한 경험에 파고들자. 내 경우, 밸런타인데이와 데이트 경험이 좋은 발판이다.

다른 집은 어떨지 몰라도, 우리 집은 열여섯 살부터 데이트를 할 수 있다는 엄격한 규칙이 있었다. 물론 내 부모님은 나와 달리 내 데이트 상대에 대한 기대치가 뚜렷했다.

아빠: "리투아니아인이니? 학교는 어디서 다녔니? 앞으로의 계획은 뭐니?"

엄마: "치아 상태가 어떠니? 허세가 심하니? 향수를 지독하게 뿌리고 다니지는 않지?"

하지만 데이트 경험을 글쓰기 자료로 여기면 어떨까? 인물과 이야기를 개발하기 위한 유쾌한 탐구 대상으로 삼는다면? 그렇다면 나는 20년 넘게 탄탄한 자료를 축적한 셈이다. 나는 책 한 권을 써도 모자랄 만큼 파란만장한 데이트를 겪었다. 이러한 경험은 인물, 플롯, 갈등 요소, 원형 연구로 쉽게 탈바꿈할 수 있다.

다음 인물들을 상상해 보자.

1. 나를 '그루타'라고 부르면 안심이 된다던 헝가리인 정비공.

2. 자신을 조종사라고 속인 가짜 조종사. (무서웠다.)

3. *진짜* 범죄자. (가짜 조종사보다는 덜 무서웠다.)

4. 베네치아의 기차역에서 동승객으로 만나 일주일간 3개국을 함께 이동한 남자.

5. 나에게 결혼 훼방꾼이 되는 법을 가르쳐 준 유쾌한 결혼 훼방꾼.

6. 세탁소 사장을 꿈꿨던 드라마 배우.

7. 나에게 감옥 탈출 카드(보드게임 소품)를 준 담당 검사.

8. 내 대학 입시 점수를 묻더니 화장실에 간다며 사라진 잘난 학자.

9. 12음계에 달하는 자동차 경적과 전신 문신을 뽐내던 걸프전 참전 용사.

10. 내가 수녀원에서 탈출할 때 도와준, 요실금이 있는 잘생긴 청년.

오, 벌써 열 건인가? 우후죽순 떠오른다. 이들은 가장 인상적인 인물도 아니다. 이 밖에도 인상적인 에피소드가 많다. 각각 완전한 플롯과 배경, 교훈을 갖춘 이야기다. 하지만 그것들은 냉소주의가 기승을 부리는 앞으로의 2월들을 위해 아껴두겠다.

과거의 관계를 통해 은유적 표현을 연습하고 귀한 결론을 도출해 보자.

사실: *그와 키스하는 것은 마른 파스타를 먹는 것과 같았다.*

결론: *그는 내 짝이 아니었다.*

사실: 그는 나와의 만남이 약간 축농증처럼 느껴졌다고 말했다.

결론: 그가 다시 내게 연락할 일은 없을 거다.

사실: 나는 너무 웃는 바람에 바지를 적시고 말았다. *(은유가 아니다.)*

결론: 그 웃긴 결혼 훼방꾼과 결혼하자.

내 기억 창고를 뒤져 밸런타인데이의 참사들을 발굴해 보았다.

마녀의 해

초등학교 시절에는 각 반마다 밸런타인데이 파티를 열었다. 우리는 교실 안을 돌며 다른 사람의 자리에 걸린 주머니 안에 직접 쓴 카드를 넣었다. 그러고 나서 내 자리에서 간식을 먹으며 주머니에 모인 카드를 읽곤 했다. 그런데 밸런타인데이 몇 주 전, 내 턱에 웬 커다란 물집이 생겼다. 울상을 짓는 나에게 할머니가 청천벽력 같은 말을 했다. "사마귀야. 보드카랑 면도칼 가져와."

다행히 할머니가 내 얼굴을 깎기 전에 부모님이 날 피부과에 데려가기로 했다. 하지만 예약일은 밸런타인데이 이후였다. 나는

반창고라도 붙이고 싶다고 했지만 부모님은 그럴 필요는 없다고
했다.

"아무도 눈치 못 챌 거야. 거의 안 보여. 모든 아이는 아름답
단다……."

밸런타인데이 당일, 나는 설레는 마음으로 내 자리에 걸린 주머
니를 열고, 녹색으로 '루타'라고 적힌 봉투부터 꺼냈다. 호감이
가는 남자애가 녹색 사인펜으로 카드 봉투에 친구들의 이름을
적는 걸 봤기 때문이다. 가슴이 두근거렸다. 나는 이미 그 애 주
머니에 반짝이는 달과 별이 그려진 특별한 카드를 넣었다. 어쩌
면 그 애도 날 위해 특별한 카드를 골랐을지도 몰랐다. 나는 절
친에게 카드를 보여주며 꺅꺅거릴 내 모습을 상상하며, 카드 봉
투를 열었다. 애니메이션 〈스쿠비 두〉의 캐릭터 카드였다. 카드
안에는 이렇게 적혀 있었다. *마녀 같은 사마귀 얼굴에게.*

나는 그 애가 앉은 자리를 바라봤다. 그 애는 자기 친구들과 날
가리키며 웃고 있었다.

대굴욕.

깊은 상처.

나는 억지로 웃음을 터뜨리며 남자애들을 향해 고개를 끄덕여
보였다. 녀석들은 혼란스러워하며 미간을 찌푸렸다.

나는 카드를 봉투에 쑤셔 넣고 애써 눈물을 참으며 컵케익을 먹

었다. 그리고 집에 가는 길에 카드를 덤불로 던져 버렸다. 부모님이 보면 속상해할 테니까.

그날 나는 냉혹한 진실을 알게 되었다.

아이들의 눈에는 모든 아이가 아름답지 않다는 것을.

프루트 칵테일과 잘 나가는 차

나 혼자 환상적인 밸런타인 디너를 즐긴 적도 있다. 로스앤젤레스에 살 때 사귀던 남자가 밸런타인데이에 산타모니카 해변의 한 레스토랑에서 만나자고 했다. 나는 예약 보증금까지 걸고 간신히 그 레스토랑을 예약했다. 그리고 그날 일찌감치 도착해서 다른 커플들이 테이블 아래에서 서로의 발을 얽고 샴페인을 터뜨리는 모습을 지켜봤다. 그렇게 약 90분 후, 내 '남자친구'가 다른 여자와 함께 있는 모습을 목격했다는 친구의 문자 메시지를 받고서야 나는 집으로 돌아갔다. 검은 원피스 차림으로 싱크대에 서서 통조림 과일을 먹으며 같은 노래를 반복해 들었다.

넌 잘 나가는 차가 있어. 난 어디든 갈 수 있는 표를 원하고.◈

◈   트레이시 채프먼의 〈Fast Car〉 중.

천국에 오신 것을 환영합니다

어느 해에는 뮤지션들의 투어 공연을 기획하느라 과로로 쓰러져서 의사가 휴식을 권고했다. 그래서 밸런타인데이 즈음에 항공 마일리지를 털어서 남태평양으로 날아갔다. 혼자서. 리조트 직원들은 내가 남편을 잃은 여자인 줄 알고 측은해하며 열대 과일 음료, 바닐라 농장 할인 쿠폰을 챙겨 줬다.

와, 정말 화려하게 비참하지 않은가?

아픔을 솔직하게 드러내면 새로운 기회가 열린다.

때로는 거절당하는 것이 오히려 좋은 일일 수도 있다.

실패는 지혜를 얻는 과정이다.

나는 내 마음이 진창에 처박히고, 굴욕을 당하고, 레스토랑에 홀로 앉아 사람들의 동정 어린 시선을 견디는 것이 어떤 기분인지 알게 되어 다행이라고 생각한다. 그 모든 게 탐구 과정이다. 인생이 제공하는 것들을 깊이 그리고 온전히 경험하는 것이다. 이는 곧 우리가 병치에 둘러싸여(그리고 병치를 헤쳐 나가며) 산다는 의미다.

　서로 다른 요소를 나란히 놓아 대비를 강화하는 것을 병치라고 한다. 병치를 잘 사용하면 글에 힘이 실린다. 전쟁과 평화. 사랑과 상실. 고난을 통한 회복력. 아름다움과 공포. 서로다른 요소들이 마찰하며 불꽃을 일으킨다. 각 요소는 서로를비추며 더 강력해진다. 흔히 말하듯이, 극과 극은 서로 끌리기마련이다.

　더 깊이 탐구할 수 있는 과거의 특정 주제나 경험이 있는가? 은유를 통해 기억을 조사하거나 탐구 노트에 무작위로 떠오르는 기억을 적어 보자. 탐구하면서 스쳐 지나가는 감정을포착하자. 그 감정이 의미하는 바를 기록해 보자.

　데이트 경험은 인간 상호 작용과 병치를 탐구할 수 있는 흥미로운 자료다. 또한 반복된 시도와 실패는 결국 지혜와 보상으로 되돌아온다. 내향적인 책벌레의 세계에 근사한 결혼 훼방꾼이 들어왔을 때 얼마나 놀라운 풍경이 펼쳐질지 상상해보라.

　갑자기 인생이 웅장해진다. 사랑. 그것은 우리 마음에 용기와 날개를 달아 준다.

　2월을 즐기자! 냉소주의를 물리치자. 필요하다면 싸리비를들고 쫓아내자.

○ 자료 조사를 취재 또는 탐정 수사라고 생각하라.

○ 자료를 정리하고 보관할 방식을 선택하라.

○ 가장 관심 있는 분야부터 조사하라.

○ 사진을 볼 때 자문하라. 프레임 밖에 무엇이 있는가? 다른
   각도에서 찍은 사진이 있는가?

○ 인터뷰 전에 상대방에 대해 폭넓게 알아보라.

○ 인터뷰를 녹음하려면 미리 허락을 받아야 한다.

○ 과거 사건에 대해 인터뷰할 때는 감각 기억을 불러일으키
   는 질문을 던지라.

○ 자료를 조사하면서 느낀 감정과 감상을 기록해 두라.

○ 영감을 얻기 위한 나만의 탐구를 시작하라.

○ 특정 기억에 관한 탐구 질문을 적어 보라. 무엇을 알고 싶은가?

○ 내 안의 냉소주의를 파헤치라. 무엇이 나를 냉소적으로 만드는가?

○ 개인사, 학교 경험, 연애 경험 중 하나를 선택해 탐구 노트 항목을 작성하라.

○ 탐구하면서 병치의 사례를 찾아서 이야기의 다양한 측면을 조명하는 데 활용하라.

○ 조사하고 탐구하며 느낀 감정을 글에 녹여내라.

○ 이 책의 '숨겨진 이야기 발굴하기' 부분이 실은 자료 조사 연습이란 것, 눈치챘는가?

○ 조종사를 사칭하려면 어떤 자료가 필요할까? 목록을 적고

조사해 보자. 가짜 조종사와 그가 속이는 사람 사이의 간단한 대화문을 만들어 보자.

○ 여행 중 이탈리아 베네치아에서 7시간 동안 머물러야 한다. 그 시간을 잘 보내기 위해 어떤 사전 조사를 하겠는가? 그 가상의 경유지에 대해 10분 동안 글을 써 보자.

○ 더 자세히 알고 싶은 사람을 떠올려 조사해 보자. 그 사람은 어느 도시에서 태어났는가? 그 사람이 태어난 날 그 도시의 날씨는 어땠는가?

○ 근처 중고품 가게에 가 보자. 누군가의 이름이 적힌 책이나 물건을 찾아보자. 탐정이 되었다고 상상하며 그 사람에 대한 정보를 최대한 많이 알아내 보자.

○ 중고품 가게에서 산 물건의 생애와 여정에 관한 이야기를 만들어 보자.

○ 원하는 사람(고인 포함)을 인터뷰할 기회를 얻었다고 상상해 보자. 그 사람을 위한 인터뷰 질문 5개를 작성하자.

○ 과거의 가족, 친구, 연인을 떠올려 보자. 그 사람의 특징을 기억나는 대로 나열해 보자. 소설 속 인물로 삼을 만한 사람이 있는가?

유품 정리 판매

유품 정리 판매는 물품의 판매자가 소유자와 무관한 경우가 많다. 유품 정리 판매자는 유족에게 수수료를 받고 고인의 물건들을 대신 처리해 줌으로써 유족의 물리적, 감정적 부담을 덜어준다. 유품 정리 판매는 풍부한 이야깃거리와 역사적 가치 외에도 숨겨진 보물을 찾을 기회를 제공한다.

Q: 유품 정리 판매에서 발견된 물건으로 널리 알려진 물건이 있는가?

걸프 전쟁

1990년 이라크의 사담 후세인 대통령은 중동의 쿠웨이트를 침공했다. 그에 반발해 미국 주도의 30여 개국 연합군이 '사막의 방패 작전'과 '사막의 폭풍 작전'을 개시하였고 1990년 8월부터 1991년 2월까지 공중전과 지상전이 이어졌다. 이 전쟁 기간에 65만 명 이상의 미군이 현역으로 복무한 것으로 추산된다.

Q: 걸프 전쟁은 어떤 이해관계에 의해 일어난 전쟁이며 그 결과는 어땠는가?

밸런타인데이

밸런타인데이는 사랑과 로맨스를 상징하는 날이지만, 어쩌다 카드와 초콜릿으로 마음을 전하는 날이 되었는지는 불분명하다. 밸런타인데이의 유래로는 3세기경 로마에서 황제의 허락 없이 사랑에 빠진 남녀를 결혼시킨 죄로 처형된 발렌티누스라는 사제를 기리기 위해 그가 순교한 날인 2월 14일을 기념하게 되었다는 설이 있다.

Q: 성 발렌티누스는 누구인가?

바닐라 농장

우리가 아는 바닐라 맛 식품은 대부분 천연 바닐라 열매 대신 합성 향료를 사용한다. 바닐라 식물은 열대 지역에서 번성하며 재배하기가 까다롭다. 열매가 익기 전에 꼬투리째 수확해 뜨거운 물에 불렸다가 오랜 시간 말려야 한다. 각 꼬투리에는 작고 향기로운 씨앗이 수천 개씩 들어 있다. 오늘날 바닐라는 주로 마다가스카르, 레위니옹섬, 타히티, 멕시코에서 생산된다.

Q: 천연 바닐라는 전 세계에서 두 번째로 비싼 향신료다. 첫 번째는 무엇인가?

수정 및 피드백

이 챕터를 건너뛰지 말라.

수정. 이 챕터는 이 책의 첫 챕터가 되었어야 한다. 그만큼 중요하다.

머릿속 내용을 글로 옮기기란 쉽지 않다. 일단 옮겨 놓고 나면 너무 흥분하거나 너무 지쳐서 당장 누군가에게 보여주거나 어딘가에 제출하거나 발표하고 싶을 수도 있다.

공유? 좋다.

제출? 아직 아니다.

수많은 작가가 말하듯이, 글쓰기는 다시 쓰는 과정이다. 첫 번째 초고가 순수하게 빛나는 예는 극히 드물다. 나를 비롯해 많은 사람이 애초에 무언가를 써 내려가는 데 어려움을 겪는다. 두려움에 사로잡혀 한 문장도 못 쓸 수도 있다.

이는 지극히 정상이다.

작가의 폐색(writer's block)은 두려움에서 비롯한다. 작품이 기대에 미치지 못하리라는 두려움, 진정한 작가로 인정받기에는 재능이 부족하다는 두려움, 타인의 비판에 대한 두려움, 가치 있는 결과물을 내지 못하리라는 두려움, 초고를 어떻게 발전시켜야 할지 모르겠다는 두려움.

두려움.

첫발을 내디딜 때는 실패해도 괜찮다는 마음가짐이 중요한다. 그러기 위해서는 다음의 검증된 초고 작성 요령을 받아들여야 한다.

쓰레기를 써라.

그렇다. 순 엉망인 글을 쓸 권한을 자신에게 부여하라. 그래도 괜찮다고 자신을 설득하라.

아직 초고일 뿐이야. 맞아, 엉망이지만 완성본은 아니잖아. 고작 초고인걸.

대게 초고를 고치면서 글의 진정한 형태가 드러난다. 반드시 수정해야 한다. 수정은 선물이다.

만약 중요한 공연이나 경기 후 자신의 퍼포먼스를 수정할 기회를 얻는다고 상상해 보라. 그 수정은 판도를 뒤엎을 것이다. 승패를 판가름할 것이다.

문제는 조급함이다. '봐, 내가 한 챕터를 썼어! 봐, 내가 초고를 썼어!'

우리는 편집자나 검수자가 필요하지 않다고 생각한다. 흥분해서, 그리고 아직 부족하다는 말을 듣고 싶지 않아서.

하지만 부족하다. 예외는 없다. 수정이 필요하다.

일정 시간을 두고 원고를 다시 살피면 놓쳤던 부분이 보이고, 투박한 리듬과 어색한 문장 구조, 오류를 발견할 수 있다. 신뢰할 수 있는 사람에게 초고를 읽고 피드백을 달라고 부탁하자.

나는 20년 가까이 한 글쓰기 모임에 참여하고 있다. 이 모임은 내가 쓴 글을 내 대리인이나 편집자보다 먼저 읽는다. 나를 포함해 다섯 명으로 이뤄진 모임이기에 나는 네 명에게 각각 귀중한 피드백을 받을 수 있다.

맞다, 때로는 고통스럽다. 가차 없는 피드백을 받고 나서는 며칠 동안 씩씩대고, 울기도 한다. 한 번은 그룹 비평을 받고 너무 상심한 나머지 페퍼리지 팜 쿠키 한 상자를 통째로 먹어 치운 적도 있다. 앉은 자리에서 쿠키 42개를 먹었다는 말이다. 하지만 그 딱한 먹부림은 결과적으로 말짱 도루묵이 됐다.

모임원들은 내가 글을 더 가다듬어야 한다고 말했다. 그 말을 들었어야 했는데 듣지 않고, 나는 그 원고를 그대로 공모전에 출품했다. 전문가가 내 작품의 진가를 알아볼 거라고 확신했다. 내 원고를 비평해 준 사람은 한 대형 출판사의 편집부장이었다. 노련한 전문가인 그는 나에게 작가로서 성장하고 헌신할 준비가 되었는지 물었다.

"네, 물론이죠. 가감 없이 말해 주세요. 배우러 왔으니까." 나는 열정적으로 대답했다.

그와 몇 마디 나누지 않았는데도 말이 아주 잘 통하는 느낌이었다. 나는 기대감에 부풀었다.

"좋아요." 그가 말했다. "성실하고 수용적인 분 같네요. 꾸준히 노력하면 발전할 수 있을 거예요. 하지만 당신이 제출한 원고는 너무 거칠고 투박해요. 화자의 목소리도 너무 거만해서 귀에 거슬리고요. 솔직히, 별로 매력이 없어요."

뜨거운 수치심이 목을 타고 올라오는 감각을 느껴본 적 있는가? 속으로는 죽어가는 데 겉으로는 아무렇지 않은 척하느라 애쓴 적은?

내 글쓰기 모임은 내 작품에 결점이 있다고 분명하고 예리하게 말했다. 하지만 나는 그 말을 무시하고 적지 않은 참가비까지 들여서 전문가에게 변변찮은 글을 보여주고 말았다.

다시 생각해도 창피하다. 하지만 결국 마음을 열고 피드백을 받아들이니 모든 게 제자리를 찾기 시작했다. 나는 내 글이 아예 장르를 잘못 만났다는 사실을 깨달았다. 마음을 열었기에 찾아온 선물이었다.

작품의 완성도가 떨어진다거나, 인물이 현실적이지 않다거나, 핵심을 놓쳤다는 말을 들으면 누구나 자존심에 상처를 받는다. 애초에 글을 쓰는 것만으로도 힘든데 꼭 다시 써야 할까?

그렇다, 다시 써야 한다.

특히 기억이나 개인적 경험에서 영감을 얻은 이야기는 머릿속에서는 완성형일 수 있다. 나에게는 너무 익숙해서 남들도 공감하리라고 착각할 수 있다. 타인의 피드백을 받으면 바깥에서 내 작품을 볼 수 있다. 내가 간과한 부분을 발견할 수 있다. 독자, 서점, 미디어의 시선으로 볼 수 있다. 피드백은 귀중하다.

나는 글쓰기 모임에서 부정적인 피드백을 받으면 일단 심호흡을 한다. 감정적으로 반응하지 않고 이성적으로 받아들이려고 노력한다. 숨을 고르고 성찰하는 시간은 필수다. 자존심에 상처 입을까 봐 본능적으로 방어 기제가 발동하기 때문이다. 때때로 우리의 본능은 비판을 다음과 같이 처리한다.

이 책은 완벽하지 않다. ➡ 나는 완벽하지 않다. ➡ 나는 영 소질이 없을지도 몰라. ➡ 난 작가가 될 수 없어.

이 책은 완벽하지 않다. ➡ 그들은 날 이해 못 해. ➡ 아무도 날 이해 못 해. ➡ 모두 엿이나 먹으라지.

이 책은 완벽하지 않다. ➡ 어떻게 개선해야 할지 모르겠다. ➡ 포기.

완벽. 완벽. 내가 서두에서 말했듯이 자신의 삶이 완벽하다고 말하는 사람은 거짓말쟁이거나 끔찍하게 지루한 사람이다. 완벽은 비교와 절망의 세계에서만 통용되는 단어이니 무시해도 좋다. 오히려 우리는 불완전하기에 완벽하다. 성격, 대화, 관점의 오류가 우리를 흥미롭고 인상적인 존재로 만들어 준다. 그러니 비판은 이렇게 받아들이자.

이 책은 완벽하지 않다. ➡ 그야 당연하지. ➡ 아직 초고일 뿐인걸!

나는 완벽하지 않다. ➡ 그야 당연하지. ➡ 오히려 좋아!

좋은 글을 쓰려면 인내와 꾸준한 개선 노력이 필요하다. 출판은 수정과 편집의 세계다. 미리 수정하는 경험을 쌓으면 본격적으로 출판의 길에 들어섰을 때 초보적인 실수를 피할 수 있다.

수정의 목표는 원고를 완벽하게 만드는 것이 아니다. 인상적인 원고를 만드는 것이다. 독자의 기억에 오래 남거나 널리 전해지는 이야기는 어떤 이야기일까? 나는 초고를 최소 10번 이상 고친다. 편집자에게 원고를 맡긴 뒤에도 여러 번 수정한다. 그리고 신뢰할 수 있는 모든 사람에게 피드백을 구한다.

음악 업계에서 20년 넘게 일하면서 피드백에 대해 배운 바가 있다. 내가 멘토로 삼은 뛰어난 뮤지션과 작곡가들은 가끔 평론가에게 무자비한 혹평을 받았다. 일부 동료들은 겉으로는 놀란 척하며 속으로 고소해하고, 음반사들도 뮤지션의 이미지와 평판만 걱정하면서 뒤로 물러나 있었다.

하지만 내 멘토들은? 그들은 피드백을 이성적으로 처리했다. 자신에게 가장 필요한 질문을 던졌다.

내 기쁨을 빼앗을 수 있는 사람은? ➡ 아무도 없다.

내가 아끼고 마찬가지로 날 아끼는 사람은? ➡ 내 지지자들.

내가 기업 논리에 연연해야 하는가? ➡ 아니.

한 멘토는 가혹한 평론가에게 샴페인을 보냈고, 또 다른 멘토는 남의 평가에 휘둘리지 않겠다는 도전적인 가사가 담긴 곡을 발표했다. 그리고 나는 종종 바닥을 친 사람의 관점을 묘사하는 노랫말을 되새기곤 한다. *이봐, 이미 깨진 것은 깨뜨릴 수 없어.*

내 멘토들은 털고 일어났다. 웃어넘기고 나아갔다. 계속 음악을 만들어 발표했다. 그래미상, 평생 공로상, 빌보드상을 타고 명예의 전당에 올랐다.

나는 그들을 보고 배웠다. 일개 평가가 나를 대변하지 않는다. 내 작업 목록이 나를 대변한다.

작업 목록을 구축하는 데는 시간이 걸린다. 자신의 목소리를 찾고, 글을 쓰고 또 쓰고, 피드백을 이성적으로 처리하고, 수정과 퇴고가 성장의 필수 과정이라는 사실을 이해해야 한다.

명심하자. 우리의 작품은 우리의 원고만이 아니다.

우리 모두 진행 중인 작품이다.

대리 주차 요원이 내 차를 몰고 산 비센테 대로를 달려 사라진다. 나는 아랫입술을 깨문다. 대리 주차비가 몹시 아깝지만 점심 약속에 늦는 건 있을 수 없는 일이다. 레스토랑에 들어서자 검은 옷을 입은 웨이터가 튀어나와 내 앞을 막아선다.

"무엇을 도와드릴까요?"

나는 그의 이름을 말한다.

"오, 이쪽으로 오세요."

웨이터를 따라 테이블 사이를 지나간다. 유명 여배우, 올림픽 금메달리스트, 술을 마실 나이가 아닌 보이 그룹 멤버를 힐끔거리지 않으려 애쓰면서. 웨이터는 나를 구석에 있는 그의

수정 및 피드백

단골 테이블로 안내한다. 모든 사람의 시선을 한 몸에 받을 수 있는 테이블이다.

"그분이 손님께서 산펠레그리노를 좋아할 것 같다고 하셨어요." 웨이터가 어느 젊은 웨이터를 손짓으로 부른다. 캐스팅 기회를 꿈꾸는 스타 지망생으로 보이는 웨이터가 새하얗게 빛나는 치아를 보이며 다가온다.

내가 탄산수를 좋아할 것 같다고 했다고? 흠.

내가 고개를 끄덕이자 웨이터가 녹색 병에 담긴 탄산수를 잔에 따라 준다.

메뉴판을 훑어보고 내가 먹을 음식을 미리 주문한다. 그러고는 가방에서 플래너를 꺼내 내 고객의 요구사항을 검토한다. 내 고객은 외부 프로듀서를 원하지 않는다. 스스로 앨범을 기획하고 제작하기를 원한다. 오늘 나는 예산과 함께 이를 확인받을 예정이다.

검은 옷의 웨이터가 다시 나타나 속삭인다. "그분 차가 막 도착했어요. 곧 오실 거예요."

그분이 누구냐고? 음악 업계의 전설적인 스타 메이커이자 내 고객의 새 앨범을 담당한 유명 음반사 임원이다. 그가 날 점심 식사에 초대했다.

나는 20대 중반에 내 정신적 역량을 뛰어넘는 일을 하고 있다.

미팅이 원활하게만 진행된다면 대리 주차비쯤은 감수할 만하다. 1월이라 좀 쌀쌀하지만, 창고 세일 가판대에서 산 상아색 캐시미어 터틀넥 스웨터의 감촉이 포근하다. 겨드랑이에 난 구멍을 수선하는 것쯤은 일도 아니었다.

그가 등장한다. 어깨까지 기른 머리와 리넨 튜닉 셔츠가 자유분방해 보인다. 여기저기서 인사를 건네고 악수를 청하는 통에 그가 테이블에 도착하기까지 다소 시간이 걸린다. 사람들은 그가 누구와 함께 앉는지 알고 싶어서 목을 길게 빼고 쳐다본다. 회계사? 퍼스널 쇼퍼? 여행사 직원?

"일찍 왔네요." 그가 내 뺨에 볼 키스를 하며 말한다. "내가 높이 사는 덕목이죠."

어디선가 웨이터가 나타나 그의 무릎에 냅킨을 깔고 탄산수를 따라 준 뒤, 그가 와서 셰프가 무척 기뻐한다고 전한다.

"이 집이 날 알거든요." 전설의 남자가 나에게 말한다.

"워낙 유명하시잖아요." 내가 말한다.

"기분 좋은 일이죠." 그가 씩 웃는다. "뒤에 저 보이 그룹 멤버 봤어요? 어때요?"

"아직 미성년자 아닌가요? 여기서 술 마시면 책임 소재가……."

그의 시선이 테이블에 놓인 내 플래너로 향한다. "당신은 볼 때마다 일에 파묻혀 있군요. 남들은 당신을 내 회계사라고 생각할 거예요."

"그래서 말인데, 이게 이번 예산 계획서거든요……"

"오, 깔끔하네요. 일단 주문부터 합시다." 그가 메뉴판을 집어 든다. 크고 털 많은 손에 어울리지 않게 깔끔히 손질된 손톱이 눈에 들어온다.

새하얀 치아의 웨이터가 주문을 받으려고 다가온다.

"이분에게는……"

웨이터가 당황한 기색을 보이자 전설의 남자가 그를 힐긋 본다.

"먼저 오신 분은 이미 주문하셨습니다."

"오, 그래요?" 전설의 남자가 나를 보고 이맛살을 찌푸린다. "무슨 알레르기 있어요?"

"내 식사를 통제하는 사람에게 알레르기가 있죠." 나는 농담조로 들리길 바라며 응수한다.

나는 이 남자를 싫어하지 않는다. 오히려 그의 재능과 열정을 존경한다. 진심으로. 하지만 나는 그에게 아랫사람이 아닌 사업 동료로 비쳐야 한다. 고급 터틀넥을 입은 아티스트 매니저로.

다행히 점심 식사도, 미팅도 순탄하게 흘러간다. 예산을 비롯해 모든 사안에서 적절하게 합의가 이뤄진다. 나는 더 바랄 게 없다. 그도 즐거워 보인다.

"루타, 당신은 참 함께 일할 맛이 나는 사람이에요. 집중력도 뛰어나고, 고객에게도 헌신적이고."

나는 그를 빤히 본다. 빈말이 아니라는 걸 알 수 있다. 전설의 남자에게 그런 칭찬을 받을 줄이야. 내 방어벽이 허물어진다. "감사해요."

"뭐 하나 조언해도 될까요?" 그가 묻는다.

"물론이죠." 나는 모든 경계심을 거두고 고개를 끄덕인다.

"당신은 가능성이 참 많은 사람이에요. 그런데…… 당신 얼굴이 마음에 안 들어요. 어떻게 좀 해 봐요."

옆 테이블에 앉은 커플이 날 쳐다본다. 새하얀 치아의 웨이터도.

내 얼굴?

이목구비가 좀 사나운 편이지만 젊음의 전성기라고 할 수 있는 20대 중반이다. 내 얼굴이 어디가 어때서?

나는 웃음을 터뜨린다. 어쩌면 울음을 터뜨릴까 봐 겁이 나서일지도 모른다. 테이블에 기대며 최대한 충격 받은 표정을 지어 보인다. "방금 날 모욕하려고 하신 것 같은데요."

"하지만 당신은 그런 데 모욕감을 느낄 사람이 아니죠."

"네, 그럴 여유가 없거든요. 솔직히, 예산 문제죠."

우리는 함께 웃음을 터뜨린다.

진짜로 웃는 사람은 한 명뿐이지만.

· · ·

당신 얼굴이 마음에 안 들어요.

내가 아무리 비즈니스 정신이 투철하고 이 냉혹한 업계에 자아를 끼워 맞추려고 노력해도 나는 로봇이 아닌 인간이었다.

그 무례한 발언은 내 기억을 들춰내고 오래된 상처를 건드렸다. 마녀 같은 사마귀 얼굴. 터번을 쓰면 잘 어울릴 것 같은 오리 새끼. 하지만 아픔은 오래가지 않았다. 그에게 내 대리 주차비 고지서를 떠넘기고서 그 길로 친구를 만나 한바탕 욕을 쏟아냈기 때문이다. 그 점심 식사는 좋은 이야깃거리가 되었다. 피드백이 필요 없는 이야기.

때때로 사람들은 당신이 요청하거나 기대하지 않았던 의견을 제시한다. 그리고 그 의견은 개인적으로 불쾌하고 상처를 주는 의견일지도 모른다. 하지만 그들도 개인일 뿐이다. 당신에 대해 잘 알지도 못하는 사람일 가능성이 크다. 다르게 생각하는 사람이 훨씬 더 많을 것이다. 그리고 진정한 친구는 당신을 깎아내리기보다 진심으로 응원할 것이다.

또 하나 명심할 점은 우리가 피드백을 잘못 해석할 수도 있다는 것이다.

로스앤젤레스를 떠난 지 몇 년 후 나는 한 행사에서 그 전설의 남자를 다시 만났다. 나는 애써 그를 피해 다녔지만 잠시 후 그가 불쑥 내 옆에 나타났다.

"루타! 여기서 보니 반갑네요." 그가 말했다.

"안녕하세요."

"글 쓰고 있다고 들었어요. 적성에 잘 맞나 봐요. 얼굴이 정말 좋아 보여요. 예전처럼 딱딱하고 시름에 찬 얼굴이 아니네요!"

· · ·

당신 얼굴이 마음에 안 들어요.

그는 그렇게 말했다.

나는 그 말을 '못생겼다'는 뜻으로 해석했다.

시간이 지나고 나서 그 뜻이 아니란 걸 깨달았다.

"당신 얼굴이 마음에 안 들어요. 어떻게 좀 해 봐요."

거기서 대화가 끊이지 않았다면 그는 이렇게 말했을 거다. "긴장 풀고 좀 더 웃어요, 루타."

나는 당시 끊임없이 자신을 보호하고 경계해야 하는 환경과 업계에서 내 적성에 맞지 않는 일을 하고 있었다. 그리고 그런 긴장감이 나도 모르게 얼굴에 드러난 것이다. 딱딱하고 시름에 찬 표정. 전설의 남자가 내 불행을 나보다 먼저 알아차린 것이다.

세월은 빠르게 흐른다.

전설의 남자, 그 레스토랑, 많은 음반사는 이제 사라진 지 오래다.

하지만 기억은 남아 있다. 새롭게 수정된 관점도.

또 뭐가 남아 있을까? 그래, 캐시미어 터틀넥. 겨드랑이의 박음질은 아직 짱짱하다.

○ 글쓰기는 다시 쓰는 과정이다. 수정은 반드시 필요하다.

○ 수정은 작업을 개선할 기회이자 선물이다.

○ 작가의 폐색은 두려움에서 비롯한다. 실패할 용기를 내라. 쓰레기를 써라. 아직 초고일 뿐이다.

○ 완벽주의를 버리고 일단 써라. 언제든지 수정할 수 있다.

○ 최종본이 아니니 안심하라. 초고일 뿐이다.

○ 작업을 며칠 또는 몇 달 미뤄 뒀다가 새로운 눈으로 다시 살펴보라.

○ 나를 잘 아는 사람, 신뢰할 수 있는 사람에게 작업물을 보여주고 피드백을 구하라.

○ 대상 독자층을 고려하라.

○ 등장인물과 같은 배경, 인종, 정체성을 지닌 독자에게 피드백을 받으라.

○ 가까운 도서관이나 서점, 또는 문화 센터에서 열리는 글쓰기 또는 비평 모임에 가입하라.

○ 완벽한 원고보다 인상적인 원고를 목표로 하라.

○ 당신을 대변하는 것은 일개 평가가 아닌 당신의 작업 목록이다.

○ 피드백은 언제, 어디서, 어떻게 받느냐에 따라 달리 해석할 수 있다.

○ 돌이키고 싶은 공연이나 경기, 과제를 떠올려 보자. 자신의 퍼포먼스와 결과를 수정해 한 장면을 묘사해 보자.

○ 전설의 남자와의 점심 식사 장면이다. 만약 그가 나타나지 않았다면? 그가 누군가를 데려왔다면? 점심 장면을 수정할 수 있는 다섯 가지 방법을 나열하자.

○ 다음 문장을 수정하고 확장하여 인물에 입체감을 더하자.

검은 옷을 입은 웨이터가 튀어나와 내 앞을 막아선다.

○ 다음 문장을 수정하고 확장하여 배경에 사실감을 더하자.

대리 주차 요원이 내 차를 몰고 산 비센테 대로를 달려 사라진다.

○ 화자가 훨씬 더 소심한 사람이라고 가정하고 다음 대화문을 수정하자.

"먼저 오신 분은 이미 주문하셨습니다."
"오, 그래요?" 전설의 남자가 나를 보고 이맛살을 찌푸린다. "무슨 알레르기 있어요?"
"내 식사를 통제하는 사람에게 알레르기가 있죠." 나는 농담조로 들리길 바라며 응수한다.

작가의 폐색

이 증상은 글의 아이디어가 떠오르지 않거나 내용이 막혀서 작가가 애를 먹는 상태를 이른다. 다른 창작 분야에서는 흔히 슬럼프라고 부른다. 압박감, 질병, 스트레스, 높은 기대치, 지루함 등 다양한 원인이 이 증상을 유발할 수 있다.

Q: 작가의 폐색이라는 용어는 언제, 누가 처음 언급했는가?

페퍼리지 팜

유명 제과제빵 브랜드 페퍼리지 팜은 코네티컷주 페어필드에 있는 실제 농장의 이름을 딴 브랜드다. 대공황 시기에 마거릿 루드킨이라는 가정주부가 알레르기로 고통받는 아들을 위해 보존제 없이 천연재료만으로 빵을 만들면서 출발했다.

Q: 브랜드의 성공 요인을 묻는 말에 루드킨은 어떻게 대답했는가?

그래미 어워드

그래미상은 음악 업계 최고의 영예다. 미국 음악 전문가들의 학회인 레코딩 아카데미에서 미국 음악 산업에 뛰어난 업적을 남긴 아티스트들을 선정하여 수여한다. 그래미 어워드는 1959년에 처음 열렸고 1975년에 처음 방송되었다. 1980년대 중반이 되어서야 그래미 수상은 아티스트의 음반 판매량을 예측할 수 있는 확실한 지표가 되었다.

Q: 앞서 다룬 패트리지 패밀리는 1971년 그래미상 후보에 올랐다. 과연 수상했을까?

캐시미어

캐시미어는 염소에서 얻은 섬유의 한 형태로 수천 년 전부터 몽골, 네팔, 카슈미르, 아프가니스탄에서 생산됐다. 캐시미어는 뛰어난 부드러움과 내구성, 보온성으로 유명하다. 하지만 그 품질은 매우 다양하며 가격이 높을수록 품질이 뛰어난 것은 아니다.

Q: 캐시미어 생산이 비판을 받는 이유는 무엇인가?

수정 및 피드백

용기

글쓰기가 왜 두려운가?

부족한 지식이나 역량이 드러날까 봐? 완성하지 못할까 봐? 창의력을 발휘하지 못할까 봐? 아무도 이해하지 못할까 봐?

아니면 단지 어디서부터 시작해야 할지 몰라서? '글쓰기'는 막막하게 느껴질 수 있지만 '이야기'는 그렇지 않다. 왜 그럴까?

글쓰기와 이야기는 서로 얽혀 있지만, 흔히 글쓰기를 이야기 자체보다 중시한다. 하지만 이야기가 핵심이다. 아무리 자신감 넘치는 글을 쓰더라도 이야기가 엉성하면 독자의 기억에 남지 않는다.

글쓰기 과정에 시동을 걸기 위해 다양한 구조를 시험해 보자. 어떤 방법이 당신의 이야기와 기억을 가장 잘 담아낼 수 있을까? 시도해 보고 싶은 형식이 있는가? 시, 산문, 사진, 삽화, 목록, 편지, 이메일을 포함하거나 혼합하면 어떨까?

이야기의 길이는 중요하지 않다. 독자가 눈을 뗄 수 없는 이야기를 만들어야 한다.

처음부터 전체 서사를 풀어나가는 것이 부담스럽다면 간단한 목록으로 시작하자. 글감을 하나 골라 이야기를 10가지 요점으로 요약해 보자.

∨ 할머니가 돌아가심. 심장 마비였다고 경찰이 전화로 알려줌.

∨ 위조 신분증으로 식당에서 맥주를 마시고 담배를 피움.

∨ 유족 할인을 받아 장거리 버스를 타고 도시로 향함. 한숨도 못 잠.

∨ 빨래방에서 검은 청바지를 빨아 입고 구두를 닦음.

∨ 장례식장까지 걸어감. 말보로 레드. 차가운 비. 따듯한 청바지.

∨ "정말 유감입니다. 좋은 분이었어요. 콩 샐러드를 잘 만드셨죠." 장의사가 속삭임.

∨ 관 속에 담긴 작은 할머니. 그런데 목 주위 화장이 진하다 못해 두꺼움.

∨ 희미한 상처 자국. 아무래도 사인은 심장 마비가 아님.

∨ 할머니의 침대 옆, 냉장고, 지갑, 성경책에 내 이름과 전화번호가 적혀 있음.

∨ "괜히 들쑤시지 말고 네가 사는 더러운 촌구석으로 돌아가." 경찰이 으름장을 놓음.

비록 짧고 뚝뚝 끊기지만 위 목록은 플롯, 갈등, 보이스, 인물 설정, 배경을 갖췄다. '누가 사랑하는 우리 할머니를 죽였을까?' 시골에서 온 한 10대가 알고 싶어 하지만, 도시 경찰은 무언가를 숨기고 있다.

10가지 요점도 부담스럽다면 몇 단어만으로 요약해 보자. 헤밍웨이가 단 여섯 단어로 슬픈 이야기를 써서 내기에서 이겼다는 전설적인 일화가 있다.

For sale. Baby's shoes. Never worn.
(아기 신발 팝니다. 한 번도 안 신었어요.)

비록 이 여섯 단어 이야기는 헤밍웨이 이전에 존재한 것으로 밝혀졌지만, 헤밍웨이의 문체가 워낙 간결하고 직설적이어서 그가 지은 이야기로 널리 알려졌다. 이는 단순하면서 효과적인 구조의 대표적인 예로, 최소한의 단어로 깊이와 입체감을 전달한다. 참고로 프랑스 소설가 귀스타브 플로베르는 글을 쓸 때마다 '가장 적절한 한 단어(le mot juste)'을 모색했다고 한다.

10가지 요점으로 요약한 이야기를 몇 단어로 줄여 보자.

예시 1: 관에 안치된 할머니. 경찰은 거짓말을 했다.

예시 2: 경찰이 거짓말했어요, 할머니. 나는 노력했어요, 할머니.

당신이라면 10가지 요점을 어떻게 더 간결하게 압축하겠는가?

이야기는 일정한 구조를 갖춰야 하지만, 처음에는 최종 틀을 신경 쓰지 말고 감정과 영감을 불러일으키는 기억을 발굴하는 데 집중하자. 흥미를 끄는 주제를 발견했다면 요점 목록이나 대화문부터 써 보자. 또는 하루에 한 문장만 써 보자. 한 문장에 깊은 진실을 담을 수 있다. 한 문장은 그 자체로 하나의 이야기가 될 수도 있다.

단편 소설이나 초단편 소설(flash fiction)을 몇 편 읽어 보자.

1,000단어 미만의 초단편 소설은 읽는 데 몇 분밖에 안 걸린다. 단순한 구조가 프로젝트의 부담을 덜어줄 수도 있다.

어쩌면 당신이 두려워하는 것은 구조가 아닐 수도 있다. 기억을 바탕으로 글을 쓸 때는 누군가가 알아볼까 봐 걱정될 수 있다. 개인적인 경험에 관해 쓰고 싶지만 망설여진다면 자전소설(autofiction)을 고려해 보자. 기억을 바탕으로 쓰되 실제 인물이나 사건을 아무도 알아볼 수 없도록 쓰는 것이다. 예를 들어 론 삼촌의 나체촌 입소에 관해 쓰고 싶다면 허구를 적절히 섞어 론 삼촌의 사생활과 가족의 감정을 보호할 수 있다.

하지만 누군가가 알아보는 것과 알아봐 주는 것은 매우 다르다. 전자는 관찰 당하는 느낌, 후자는 인정받는 느낌에 가깝다. 세상이나 주변 사람들이 내 가치를 알아봐 주는 것 같았던 순간을 떠올려 보자. 어떤 확신과 평화를 느끼지 않았는가?

그 순간은 찰나였을 수도 있고 꽤 긴 시간이었을 수도 있다. 낯선 사람과의 상호작용을 통해서 이뤄졌을 수도 있다. 종종 우리를 가장 잘 안다고 주장하는 사람들이 오히려 우리를 더 모른다. 간혹 낯선 사람과의 우연한 만남이 어긋났던 삶의 균형을 되찾아 주곤 한다. 그런 순간은 잊지 못할 기억이 된다. 참고로 나는 열일곱 살 때 주유소 직원과 세상이 끝날 것처럼 키스했던 사건을 지금도 그렇게 설명하곤 한다.

낯선 사람이 날 알아봐 준다는 느낌이 든 적 있는가?

물론 그 느낌을 알아차리기까지, 또는 그 느낌을 글로 표현할 수 있게 되기까지는 시간이 걸리기도 한다. 어쩌면 몇 년이 걸릴 수도 있다.

고등학교 졸업 이틀 전, 체육관에서 축하 행사가 열렸다. 나를 포함한 졸업생들은 철제 접이식 의자에 앉고 후배들과 가족들은 관람석에 앉아있었다. 발표, 만담, 연설, 축하 공연이 이어졌다.

흥겨운 분위기 속에서 학급 최고상 시상이 시작됐다. 가장 성공할 것 같은 사람, 가장 옷을 잘 입는 사람, 가장 재치 있는 사람, 가장 유명한 바람둥이, 가장 운동 신경이 뛰어난 사람 등이 발표됐다. 일부는 칭찬, 일부는 놀림, 일부는 이도 저도 아니었다. 그 전 주 점심시간에 졸업반이 투표로 선정했다. 무슨 의미가 있을까? 동급생들이 서로를 어떻게 인식하는지, 나아가 앞으로 어떻게 기억할지 보여준다는 의미?

내 이름은 불리지 않을 게 뻔했다. 어쨌거나 아무도 나를 진정으로 이해하지 못했으니까.

그런데 내 이름이 불렸다. 그리고 내 수식어는 가장 역사를 좋아하는 사람도, 가장 학구적인 사람도 아니었다. 전혀. 나는 이 책에서 앞서 언급한 '폴 댄서 부츠'와 연관 있는 수식어로 뽑혔다. 졸업생들도 재학생들도 모두 웃음을 터뜨리고 야유를 보냈다.

그때 내 반응?

나는 놀랐다. 그리고 감격했다.

감격했다!

나는 자주 오해받는다고 느꼈다. 그 느낌은 나를 갈색 챕터와 잦은 신세 한탄으로 몰아넣었다. 하지만 내 동급생들이 하고많은 선택지 중에 내 수식어로 고른 것은 남들이 잘 모른다고 생각한 내 모습이었다.

나는 흥분한 나머지 상장을 받으러 연단으로 달려가다가 넘어질 뻔했다. 박수와 환호 속에서 나는 그 조악한 상장을 품에 안고 활짝 웃었다.

아버지는 착잡한 표정을 지었고 어머니는 기뻐했다. 나중에 우리는 이런 대화를 나눴다.

"그 상. 그 반응. 칭찬인지 모르겠다." 아버지가 조심스럽게 말했다.

"당연히 칭찬이지." 어머니가 단호하게 말했다. "카리브해 남자들도 루타를 보고 비슷한 말 했잖아. 손뼉 치고 휘파람 불면서. 기억나? 그때 루타는 겨우 열한 살이었어."

나에게는 칭찬이었다. 내 동창들이 정말 나를 그 수식어로 기억하진 않겠지만, 상관없다. 왜냐면 그제야, 고등학교 4학년 과정을 힘겹게 마친 그제야 갑자기 남들이 날 알아봐 주고 이해한다는 느낌을 받았으니까. 영혼이 안도의 한숨을 내쉬었다. 체육관에서의 그 짧은 순간, 나는 내면의 평화를 얻고 앞으로 나아갈 용기가 생겼다. 나만의 이야기들을 찾고 그 이야기들로 공감을 얻을 용기가 생겼다.

우리 중 순수하게 빛나는 재능을 지닌 사람은 극소수다. 대부분은 두려움의 벽에 부딪히고 우왕좌왕 비틀거리며 자신의 길을 찾는다. 가족들의 눈치를 보고, 계획을 세우다 용기를 잃고, 결단을 못 내리고 발만 동동 구른다. 하지만 어느 날 우리는 창의력과 상상력이 용기의 한 형태라는 걸 깨닫게 된다. 창의력과 상상력을 온전히 받아들이면 두려움은 링 밖으로 쫓겨난다.

그래, 난관이 있을 것이다. 계시와 변화가 있을 것이다. 그것이 영웅의 여정이다.

그것이 용기이고, 기억이고, 이야기다.

그러니 숨을 고르고 일단 시작하자.

뛰어들자.

어쩌면 당신은 당신에게 기억에 남을 만한, 플롯으로 삼을 만한 경험이 없다고 느낄 수도 있다. 하지만 기억은 감정에서 비롯되며, 누구나 살면서 다양한 감정을 경험한다. 이러한 감정을 되돌아보면 오랫동안 잊고 있던 디테일을 발굴할 수 있다. 물론 어떤 감정을 떠올릴지 결정할 때는 본능을 따라야 한다. 기억을 발굴하는 일은 고통스러울 수 있다. 어떤 기억은 그대로 내버려두거나 나중에 더 단단한 렌즈를 통해 바라보는 게 나을 수도 있다. 하지만 마음이 내킨다면 몇 가지 감정을 떠올려 보자.

질투심을 느낀 순간을 떠올려 보자. 플롯, 배경, 인물, 관점을 갖춘 이야기가 있을 것이다. 어떻게 서술하겠는가?

긴장감을 느낀 순간이 떠오르는가? 어떤 상황이었고, 누가 관련되어 있는가? 몸이 어떻게 반응하던가?

회의감이나 의심이 든 적 있는가? 관련 인물은 누구고, 어떤 점이 의심스러웠는가? 결국 그 의심이 사실로 밝혀졌는가?

혼란. 두려움. 놀라움. 이러한 감정은 이야기를 담고 있다. 떠오르는 이야기를 몇 문단 써 보자. 복합적인 감정도 탐구해 보자. 서로 대비되는 감정을 표현하면 내가 앞서 언급한 병치의 묘미를 살릴 수 있다. 우리는 아름다움과 슬픔, 거부감과 희망을 동시에 느낄 수 있다. 당신은 유쾌함과 불편함을 동시에 느낀 적 있는가? 나는 있다.

내 부모님은 가족과 더 가까이 지내기 위해 미시간주를 떠나 남쪽으로 이사하기로 했다. 아버지는 사업체 이전 문제를 담당하고, 어머니는 집을 구하는 임무를 맡았다. 나도 돕기로 했다.

"낮에 컨트리 클럽에서 하는 하우스 투어에 가 보자." 어머니가 말했다.

"엄마, 컨트리 클럽에 있는 집을 살 것도 아니잖아요."

"아니지. 그런데 거기 가서 설명을 들으면 점심을 공짜로

주거든. 원래 컨트리 클럽들은 치킨 샐러드로 유명해."

나는 망설임과 호기심을 동시에 느끼며 마지못해 어머니와 함께 컨트리 클럽으로 향했다. 잘 정비된 긴 진입로를 따라 입장 게이트로 향하는데 슬슬 긴장감이 들었다.

"이래도 되는 건지 모르겠어요, 엄마."

"괜찮아. 여기 직원들한테는 할당량이 있어. 잠재 구매자를 일정 수 이상 만났다고 보고해야 하거든. 우리가 그들을 돕는 거야."

아나나 다를까, 클럽 직원들은 우리를 열렬히 환영했고, 구매 가능한 매물을 보여준 뒤 점심 식사를 대접했다. 치킨 샐러드는 정말 맛있었지만, 먹자마자 바로 떠나고 싶었다. 하지만 내 어머니는 아직 떠날 생각이 없었다.

"자기 얘기 좀 해 봐요, 헤일리." 어머니가 젊은 여자 직원에게 말했다. "여기서 일하는 게 즐겁나요? 바라는 건 다 이뤘나요? 혹시 여기 디저트 메뉴도 있나요? 커피 한잔하면 좋을 것 같은데."

헤일리는 서비스 정신이 투철했지만 나는 밥을 거저 얻어먹어서 몹시 불편했다. 하지만 어머니를 비난할 수도 없었다. 그러면 위선자가 될 테니까. 로스앤젤레스에 막 도착했을 때 나는 주머니 사정이 나빠서 마트 시식으로 끼니를 해결하곤 했다. 음식을 가려 먹을 형편이 아니었다.

"이 간 파테 좀 드셔 보실래요?"

"네, 주세요." 나는 주저 없이 손을 내밀곤 했다. "얹어 먹을 크래커 있나요?"

내가 했던 시식 투어가 어머니의 행동과 얼마나 다를까?

떠나기 전에 어머니는 고객 의견 카드에 헤일리의 능숙한 응대와 맛있는 디카페인 커피를 극찬했다. "피드백은 언제나 중요하지."

어머니는 운전을 질색하면서도 여기저기 다니는 걸 참 좋아했다. (병치의 묘미?) 어머니의 모험 정신 덕분에 우리는 한 프로 풋볼 선수가 재정에 문제가 생겨 내놓은 집을 발견했다.

"오, 루타. 우리 이 집 봐야 해. 터무니없을 거야."

어머니는 터무니없는 것을 좋아했다. 대단히 즐겼다.

어머니의 말마따나 터무니없이 큰 집이었다. 1층 면적만 600제곱미터에 달했다. 더러운 통유리. 버려진 운동기구 더미. 녹조를 뱉어내는 분수대. 관리 없이 방치된 저택 안을 어머니는 구석구석 누볐다. 당장이라도 수표를 쓸 기세였다.

"멋진 수납장이야. 서랍이 부드럽게 닫히네." 어머니는 나에게 장난스러운 눈빛을 던졌다. 그러더니 침실로 가서 옷장 서랍을 하나하나 다 열어 봤다.

"엄마, 그만해요." 내가 속삭였다. 집을 구경한다기엔 너무 지나친 것 같았다.

"뭘 그만해? 여긴 오픈 하우스잖아. 수납공간도 얼마나 중요한데." 어머니는 옷장을 가득 메운 검은 쓰레기봉투를 구둣발로 툭 치며 속삭였다. "이 안에 뭐가 들어있을까? 궁금하지 않아?"

"불편해요. 그냥 가요."

어머니는 액자에 걸린 유니폼들을 팔꿈치로 가리키며 말했다. "이베이에서 팔 수도 있었을 텐데 그냥 버리고 갔네." 어머니는 혀를 쯧 찼다. "이 검은 봉지들 아무래도 수상하지 않아?"

우리는 주방으로 돌아갔다. 부동산 중개인이 잠재 구매자 몇 명과 대화하고 있었다.

"집주인이 되도록 빨리 정리하길 원해서 이대로 시장에 나왔어요. 관심 있으시면 입찰하세요. 아마 빠르게 처리될 거예요. 질문 있으신가요?"

"네." 어머니가 나섰다. "이 부동산에 고지 의무가 있는 사망자가 있나요?"

부동산 중개인도, 다른 잠재 구매자들도 우리를 쳐다봤다.

"그게, 검은 봉지가 많길래요." 어머니가 말했다.

맙소사. 어머니는 여기서 누가 살해당했는지 물어본 거나 다름없었다. 나는 몹시 불편했다. 살짝 짜증도 났고. 하지만 진지하게 살인 사건에 대한 답변을 기다리는 어머니의 모습에 웃음이 터질 것 같았다. 정말 저 검은 쓰레기봉투들이 시체 처리반의 흔적이라고 생각한 건가?

망설임. 호기심. 긴장. 양심. 불편함. 짜증. 유쾌함.

이러한 복합적인 감정을 떠올리면 기억의 문이 열리고 갑자기 경험의 디테일이 쏟아져 나온다. 그리고 그것들은 모두 내 글에서 더 좋은 장면을 만들어낼 수 있는 요소다. 부동산 중개인의 목에 붙은 반창고. 하지만 가려지지 않은 키스 마크. 방바닥에 뒹굴던 깨진 마라카스와 더러운 냄비. 집으로 돌아가는 길의 천둥 번개. 어머니의 웃음소리. 그리고 대화.

"잠깐, 잠깐, 잠깐. 그 쓰레기봉투에 현찰이 가득 있으면 어떡해?"

"집주인은 운동선수였지 마권업자가 아니었어요, 엄마."

중개인의 의심 서린 목소리도 떠오른다. "신청서에 서명하고 대리인 이름을 기재하시겠어요? 입찰하시면 고지 사항을 공유해 드리겠습니다."

어머니는 기꺼이 펜을 들었다. 하지만 우리 중개인 이름 대신 10년 전에 세상을 떠난 우리 집 수리공 빌 본색 씨의 이름을 기재했다. 그날을 생각하면 웃음이 절로 난다. 지금 그 불편하지만 재밌고, 짜증스럽지만 어머니의 대담함에 놀랐던 일화를 쓰고 있자니 또 다른 감정이 밀려온다.

그리움. 어머니와 하루만 더 함께할 수 있다면 나는 무엇이든 할 수 있다. 명색이 작가인데도 어머니가 얼마나 그리운지 설명하기란 고통스러울 만큼 어렵다.

이해. 어머니에게 이제 당신을 이해한다고 말할 수 있다면 좋겠다. 어머니의 대담함과 유머는 나를 걱정에서 벗어나게 하려는 어머니만의 방식이었다. "너무 심각하게 생각하지 마." 어머니는 입버릇처럼 말했다. "너도 좀 즐겨."

황망함. 삶이 얼마나 잔인하게 변할 수 있는지. 그리고 죽음이 얼마나 불공평하게 느껴질 수 있는지. 때로는 나도 기억의 문을 열 용기가 나지 않는다.

기쁨. 아직도 우리의 기억 속에서 어머니가 얼마나 생생하고 유쾌하게 살아 있는지. 내 친구가 최근에 이렇게 말했다. "홍관조는 인사하러 돌아온 고인이래. 나뭇가지에 앉아 담배 피우는 홍관조를 본다면 아마 너희 엄마일 거야."

켄트 울트라 라이트를 피우는 홍관조? 어머니가 들었다면 무척 좋아하셨을 거다.

내가 묘사한 감정들에 일부나마 공감하는가? 당신에게 유독 와닿고 이야기를 불러일으키는 감정에 주목하라. 그 감정이 단편적인 감정인가, 복합적인 감정인가? 그 이유는 무엇인가?

경험의 본질은 우리가 어디를 여행하고, 어디에서 일했고, 무엇을 보았는지가 아니라 우리가 무엇을 느꼈는지에 있다. 내면과 감정을 되돌아보면 우리는 나이를 초월하는 이야기를 발견할 수 있다. 깊은 감정은 깊은 삶의 증거다. 살면서 강렬한 감정을 느꼈다면 당신은 강렬한 인생 경험을 지닌 사람이다. 우리가 느낄 수 있는 감정은 실로 무궁무진하다. 깊이 느끼는 것은 인간의 본질이다. 모두 아름답다.

글이 될 가치가 있다.

○ 글쓰기에 시동을 걸기 위해 다양한 구조를 시험해 보라.

○ 당신의 이야기와 기억을 가장 잘 담아낼 수 있는 수단이 무엇인지 생각해 보라. 시? 산문? 사진? 아니면 조합?

○ 처음에는 감정과 영감의 불꽃을 불러일으키는 기억을 발굴하라.

○ 글쓰기가 왜 두려운가? 이유를 목록으로 작성해 보자.

○ 주제나 기억을 선택해 10가지 요점으로 이야기를 요약해 보자.

○ 10가지 요점이 부담스럽다면 이야기를 몇 단어로 압축해 보자.

○ 생생한 단어들을 선택하라. 단 한 문장도 하나의 이야기가 될 수 있다.

○ 남이 나를 알아봐 준다는 느낌이 들기까지, 또는 그 느낌을 글로 표현할 수 있게 되기까지는 시간이 걸리기도 한다. 어쩌면 몇 년이 걸릴 수도 있다. 그리고 어떤 감정은 애써 파헤치지 않는 편이 나을 수도 있다. 자신에게 시간과 여유를 주라.

○ 누군가가 나를 알아봐 주는 느낌이 들었던 순간을 떠올려 보자. 그 경험에 대해 한 단락 써 보자.

○ 창의력과 상상력은 용기의 한 형태다.

○ 나중에 글이 될 수 있도록 기억과 이야기를 보존할 방법을 생각해 보라.

○ 감정은 경험과 이야기의 바탕이다.

○ 깊이 느끼는 것은 인간의 본질이다.

○ 미국 신화학자 조지프 캠벨이 정리한 '영웅의 여정'에 대해 알아보자. 이 서사 구조는 주로 남성 영웅이 등장하는 고전

신화에 초점이 맞춰져 있다. 현대 사회를 포용하고 반영하기 위해 이 서사 구조를 어떻게 발전시킬 수 있을까?

○ 남들이 잘 모르는 자신에 대한 최상급 수식어 목록을 만들어 보자. 요리하다가 손가락을 잃을 확률이 가장 높은 사람? 샤워하면서 노래 부르기 대장? 그 누구보다 안초비를 좋아하는 사람?

○ 최상급 수식어 하나를 이용해 내 어머니가 남길 만한 음성 메시지를 작성해 보자. 구조는 다음과 같다. "내 사랑, 나야. 〔끔찍한 소식 + 첨언〕 끊는다!"

예) *내 사랑, 나야. 너 생선 썰다 검지 잘랐을 때 기억나니? 회칼은 영 믿을 게 못 돼. 끊는다!"*

헤밍웨이

미국 작가 어니스트 헤밍웨이는 소설, 저널리즘, 사냥, 모험, 고양이를 향한 사랑 등으로 유명했다. 헤밍웨이는 고양이를 수십 마리나 키웠는데 고양이마다 특징에 따라 이름을 붙였다. 백설 공주, 육발이, 털 집, 그가 사랑했던 보이시 등. 헤밍웨이의 고양이 중에는 다지증 고양이가 많았는데, 다지증 고양이가 행운을 가져다준다는 믿음 때문이었다.

Q: 다지증이란 무엇인가?

구스타브 플로베르

소설 《보바리 부인》으로 유명한 프랑스 소설가 구스타브 플로베르는 원래 법학을 공부하려고 파리로 유학을 떠났지만, 학업을 포기하고 글쓰기에 전념했다. 지독한 완벽주의자로 잘 알려진 그는 자신의 글이 엄청나게 많은 수정, 그리고 가장 적절한 한 단어(le mot juste)를 찾기 위한 노력의 결과라고 주장했다.

Q: 1856년 《보바리 부인》의 출판이 금지된 이유는 무엇인가?

조합 놀이

창의력은 기존의 아이디어를 조합할 때 발휘된다. 창작하는 동안 우리는 서로 다른 요소를 섞고, 엮고, 재조립하여 새로운 아이디어를 만들어낸다. 물리학자 알베르트 아인슈타인은 이러한 접근 방식을 '조합 놀이'라고 부르며, 서로 다른 정신적 영역을 오가면 새로운 통로가 열린다고 설명했다. 조합 놀이는 정신적 답보 상태일 때 새로운 아이디어와 선택지를 찾는 데 특히 유용하다. 예를 들어 아인슈타인은 바이올린을 연주하는 동안 물리학 분야에서 많은 돌파구를 찾았다고 한다.

Q: 아인슈타인의 사후 부검 시 그의 두뇌가 유족의 허락 없이 적출되어 보관되었다고 한다. 진실일까, 거짓일까?

영웅의 여정

영웅의 여정은 총 3막 17단계로 구성된 서사 구조로, 주인공이 모험을 떠나 고비를 넘기고 집으로 돌아오는 과정을 담고 있다. 이 구조는 전 세계 신화 속 영웅담의 공통점을 탐구한 조지프 캠벨의 1949년 저서 《천의 얼굴을 지닌 영웅》에서 유래했다. 영화감독 조지 루카스가 〈스타워즈〉 제작 초반에 캠벨의 저서를 읽고 많은 도움을 받았다고 알려져 있다.

Q: 의미 있는 삶을 위한 조지프 캠벨의 유명한 좌우명은
무엇인가?

아직 망설이고 있는가? 아무도 당신을 이해할 수 없을 것 같은가?

하지만 이렇게 생각해 보자. 기억을 탐구함으로써 자신뿐 아니라 다른 사람도 이해할 수 있다면? 기억을 탐구함으로써 아무도 이해 못 할 것 같은 문제를 해결할 수 있다면? 당신 안에 숨어 있는 노래가 불리지 않으면 아무도 영영 이해하지 못할 것이다.

그게 왜 중요할까?

자신의 이야기를 하는 것은 타인과 연결될 수 있는 강력한 방법이다. 이러한 연결은 인간 경험을 확장하며 우리 삶을 풍

요롭게 한다. 이야기를 공유하면 추측과 오해의 여지가 줄어든다.

어느 마을에 혼자 사는 노인이 있다. 이웃들은 그를 비사교적이고 심술궂은 은둔자로 여긴다. 마을 행사에 한 번도 참석한 적 없고 독립기념일 불꽃놀이 행사에도 집에 틀어박혀 있기 때문이다. "세상에 독립기념일을 싫어하는 사람이 어딨어?" 사람들은 수군거리며 소문을 부풀린다.

어느 날 그 노인이 우편함을 비우는데 한 남자아이가 자전거를 타고 다가온다.

"안녕하세요, 조나스 씨. 전 제시예요. 사람들이 그러던데, 할아버지는 정말 애국심이 없는 공산주의자예요?"

노인의 눈이 큼지막하게 벌어진다. "맙소사, 나는 공산주의자도, 비애국자도 아니다."

"그럼 왜 불꽃놀이 행사에 안 오세요?"

노인은 깍지 낀 손을 입에 갖다 대더니 이내 긴 숨을 내쉰다.

"내가 네 나이였을 때 말이다, 제시. 전쟁이 벌어지고 있었어. 우리 가족은 처형 대상 명단에 올랐지. 우리는 실제로 공산주의자들에게서 탈출해야 했어. 조국과 친구들, 친척들을 떠나 난민촌에서 수년을 보냈단다. 전쟁이 계속되는 동안 난민촌 주변 지역은 폭격이 반복됐어. 눈앞에서 모든 게 초토화가 됐지. 정말 끔찍했단다.”

이제 소년의 눈이 벌어진다.

“그래, 독립기념일에 불꽃놀이 소리를 들으면 그 폭격이 떠오르지 뭐니. 70여 년이 지났는데도 그 소리를 들으면 가슴이 벌렁거리고 식은땀이 나.” 노인의 눈가에 주름이 잡힌다. “내 사연으로 다른 사람들을 불편하게 하거나 부담을 주고 싶지 않았단다. 그래서 불꽃놀이를 피할 뿐이란다. 이해가 가니?”

제시는 천천히 고개를 끄덕이고서 자전거를 타고 떠난다. 곧 동네 아이들을 만난 제시가 외친다. “그거 알아? 조나스 씨가 폭격 생존자래!”

아이들의 말은 입에서 입으로 퍼진다. 하룻밤 사이에 노인을 둘러싼 이웃들의 분위기는 비난에서 연민과 감탄으로 바뀐다.

그의 이야기를 알게 되었기 때문이다.

그는 비애국자도, 공산주의자도 아니었다. 여전히 고통스러운 기억에 시달리는 생존자였다. 그러나 그는 이웃에게 부담을 주고 싶지 않아 그 이야기를 혼자 간직했다. 그 침묵은 의도치 않은 오해를 불러일으켰고 외로움을 가중했다.

누군가의 사연을 모르면 우리는 그 사연을 넘겨짚거나 지어내곤 한다. 이는 오해와 오판으로 이어진다. 학교, 회사, 동네, 지역, 국가가 정답게 발전하려면 그곳에 속한 사람들의 이야기를 알아야 한다. 당신이 사는 동네나 당신이 다닌 학교의 이야기는 무엇인가? 이웃의 이야기를 알고 있는가? 그들은 당신의 이야기를 알고 있는가? 돌이켜보면 나는 로스앤젤레스에서 한 번도 이웃에게 내 소개를 한 적 없다. 이웃에게 나를 알렸다면 로스앤젤레스에서의 경험이 달라졌을까?

이 책에서 나는 이야기의 기본 구성 요소들을 소개했다. 그 과정에서 내 이야기의 조각들을 엮어 설명했다. 다양한 구조를 사용해 좌절, 희망, 유머, 수치의 경험을 공유했다. 내 인생에서 중요한 역할을 한 인물, 플롯, 사건을 공유했다. 당신이 계속 생각하고 탐구할 수 있도록 몇 가지 의문점을 남겼다.

예를 들어 내가 고등학교 졸업식에서 '가장 이국적인 댄서'로 뽑혔을 때 그게 그 시절에는 '최고의 스트리퍼'와 같은 의미였다는 사실을 알아내는 데 얼마나 오래 걸렸을까!

놀랍지 않은가? 기억을 파고들어 숨은 층을 밝혀내는 것 말이다.

이야기를 공유하는 방법은 무궁무진하다. 사람마다 자신에게 맞는 방법이 있다. 하지만 창의력은 조합이다. 우리는 무언가를 만들 때 영감, 기억, 지식, 재능, 꿈, 감정을 결합한다. 생각을 구체화하고, 아이디어를 수정하고, 과거의 피드백에서 새로운 의미를 발견한다. 그리고 이 모든 것을 엮어 새로운 작품을 만들어낸다. 그거 아는가? 어쩌면 내 실제 배경은 로스앤젤레스가 아닌 뉴욕이고, 클리프는 캐시이고, 전설의 남자는 전설의 여자일지도 모른다. 당신도 다양한 방식으로 요소를 공유할 수 있지만 독자에게 가장 중요한 것은 이야기를 통해 느끼는 감정이다.

따라서 단어 하나하나를 신중하게 선택하고, 캐릭터의 욕망을 파악하고, 생생한 디테일로 이야기에 생동감을 불어넣어라. 영감에만 의존하지 말라. 영감은 함께할 땐 너무 좋지만 예고 없이 달아나곤 한다. 작업 중반에 수렁에 빠져 헤맬 때는 스스로 동기와 루틴을 만들어서 극복해야 한다. 결승선에 도달하려면 정신력을 발휘해야 한다. 영감은 변덕이 심하니까.

그보다 필수적이고 핵심적인 요소에 집중하자.

바로 마음이다.

마음은 공유된 경험과 기억을 통해 사람들을 연결하는 다리 역할을 한다. 더 깊은 이해를 촉진하는 것이 목표다. 이야기를 나눌 때 우리는 서로에게 더 가까이 다가갈 수 있다. 반대로 자신의 이야기를 혼자만 간직하면 아무도 자신을 이해하지 못할 것이라는 확신에 사로잡히게 된다.

미국 시인 맥신 쿠민은 이렇게 말했다. "우리는 각자의 이야기 속에 갇힌 포로다."

이 말은 개인의 역사와 기억의 강렬함을 전달한다. 하지만 우리는 각자의 이야기에 갇히지 않고 이를 활용하여 자신과 타인의 외로움을 덜어 줄 수 있다. 마지막 사례로 이 글을 마무리하겠다.

내가 첫 소설인 《회색 세상에서》를 발표했을 때만 해도 이 책을 이해하는 사람은 거의 없으리라고 생각했다. 시베리아의 죽음의 수용소로 추방된 리투아니아 10대 청소년의 이야기? 팔릴 만한 소재는 아니다. 나는 내 가족이 시베리아에서 어떤 경험을 했는지 자세히 알지는 못해도 대략적인 역사를 공유하고 싶었다. 누군가가 이해하거나 관심을 가질 줄은 정말 몰랐다.

내 착각이었다.

독자들은 책에 묘사된 사람들의 비참한 처지, 그 사연과 역사적 사실이 널리 알려지지 않았다는 사실에 놀라움을 금치 못했다. 하지만 발트해 연안 국가의 거의 모든 사람들이 이 추방에 영향을 받았다. 책이 출간되자 그들은 자신의 이야기를 나누기 위해 나섰다. 나는 북 투어를 하면서 오하이오, 미시간, 일리노이, 네브래스카, 플로리다, 캘리포니아, 매사추세츠,

그리고 전 세계 여러 나라에서 리투아니아인들을 만났다. 루타라는 이름을 가진 수십 명의 여성과 어린이, 내 가족과 비슷한 역사를 지닌 수많은 가족을 만났다.

노인 독자들은 북 토크에서 떨리는 목소리로 내 할아버지와 그의 가르침을 기억한다고 말했다. 내 할머니가 뜨개질바늘을 나눠주던 모습을 기억하는 분도 있었다. 한 남자는 어릴 적 난민촌에서 찍힌 내 아버지의 사진을 가져다주었다. 낯선 사람에게서 "당신에게 줄 게 있어요"라는 전화를 받았을 때 내 눈에 차오른 눈물을 상상해 보라.

나와 아무런 연고도 없는 그 남자는 내 이야기의 디테일과 잃어버린 조각들을 지니고 있었다. 그는 우연히 어느 지하실에서 오래된 편지를 발견하고 내 가족이 시베리아에서 겪은 일을 알게 되었다.

아직도 그때를 생각하면 감정이 벅차오른다. 우리가 역사와 기억을 찾고자 하면 우주가 응답하여 역사가 우리를 찾기 시작한다. 이야기를 나누고 싶은 열망은 나를 다시 내 안의 이야기로 이끌었다. 광활하고 서먹하던 세상이 갑자기 친밀하게 다가왔다. 사람들은 북 토크에 모여 웃음과 눈물을 함께 나눴다.

우리는 서로의 이야기를 공유했다.

이 책을 읽으면서 플롯, 인물 설정, 배경, 대화문, 보이스 등 기본 개념뿐 아니라 기억이 창의력과 유대감을 어떻게 촉진하는지 이해했길 바란다. 이제 당신은 내가 비가 오면 문을 잠근다는 것을 안다. 만약 누군가가 나에게 "반가워요, 루타, 비행은 어땠어요?"라고 물으면 우리는 다 안다는 듯한 눈빛과 웃음을 나눌 수 있다. 그 한마디 질문에 어떤 의미, 배경, 갈등 요소가 담겼는지 아니까.

그렇다, 글쓰기에는 용기가 필요하다. 그리고 시간도 필요하다. 하지만 기억은 나뭇잎과 같아서 스치는 바람에도 바래고, 떨어지고, 흩어진다. 그러니 나중의 어느 평화로운 날을 위해 고이 보존하자. 그날, 기억을 다시 꺼내어 볼 때 나를 오직 나답게 만들어 주는 디테일의 찬란한 조합을 발견하고 기뻐할 수 있기를 바란다.

모두 당신의 이야기다.

참고문헌

피터 아크로이드, 《Blake: A Biography》, Alfred A. Knopf, 1996.

제인 오스틴, 송은주 옮김, 《설득》, 윌북, 2022.

호르헤 루이스 보르헤스, 《In Praise of Darkness》, Dutton, 1974.

Lee Bunnell, 〈Tin Man〉, All rights administered by Warner Chappell Music Inc. (ASCAP).

조셉 캠벨, 이윤기 옮김, 《천의 얼굴을 가진 영웅》, 민음사, 2018.

트레이시 채프먼, 〈Fast Car〉, All rights administered by Purple Rabbit Music (ASCAP).

Harry Crews, 《A Childhood: The Biography of a Place》, Harper & Row Publishers, 1978.

Blair Daly; Ryan Joseph Gillmor; Alan Jay Popoff; Jeremy Alan Popoff. 〈The Broken〉, All rights administered by 506 Music (ASCAP), EMI April Music (ASCAP), Liberal Arts Music (ASCAP), Litsalright Music (ASCAP), Internal Combustion Music (BMI), Jeremy Popoff Songs (BMI), Kickin' Grids Music (BMI), Seeker from the Speaker Music (BMI), Southside Independent Music Publishing (BMI).

에밀리 디킨슨, 〈Personal letter to Frances and Louise Norcross〉, 1872.

T. S. Eliot, 《Little Gidding》, Faber and Faber, 1942.

클라리사 에스테스, 손영미 옮김, 《늑대와 함께 달리는 여인들: 원형 심리학으로 분석하고 이야기로 치유하는 여성의 심리》, 이루, 2013.

John Fante, 《Ask the Dust》, Stackpole Sons, 1939.

Piero Ferrucci, 《The Power of Kindness: The Unexpected Benefits of Leading a Compassionate Life》, Penguin Publishing Group, 2006.

구스타브 플로베르, 《La Correspondance de Flaubert; Etude et Repertoire Critique》, Edited by Charles Carlut, Ohio State University Press, 1968.

E. M. Forster, 《Aspects of the Novel》, Edwin Arnold, 1927.

닐 게이먼, 《Coraline》, Harper Collins, 2002.

Richard Hill, 〈Kerouac at the End of the Road〉, 뉴욕 타임스, 1998.05.28.

칼 구스타프 융, 정명진 옮김, 《원형과 집단 무의식》, 부글북스, 2024.

베스 케파트, 《We Are the Words: The Master Memoir Class》, Juncture Workshops, 2021.

Maxine Kumin, 《The Retrieval System: Poems》, Viking Press, 1978.

앤 라모트, 〈Twelve Truths I Learned from Life and Writing〉, TED Talk, 2017.

토니 모리슨, 최인자 옮김, 《빌러비드》, 문학동네, 2014.

캐롤라인 미스, 《Sacred Contracts: Awakening Your Divine Potential》, Three Rivers Press, 2002.

블라디미르 나보코프, 김진준 옮김, 《롤리타》, 문학동네, 2013.

앤 패칫, 《This is the Story of a Happy Marriage》, New York: Harper, 2013.

데이비드 세다리스, 《The Old Lady Down the Hall》, Esquire, 2000.

로드 설링, 〈환상특급4,5〉, 1963-1964.

앨리스 워커, 고정아 옮김, 《컬러 퍼플》, 문학동네, 2020.

이디스 워튼, 김욱동 옮김, 《이선 프롬》, 민음사, 2020.

엘윈 브룩스 화이트, 김화곤 옮김, 《샬롯의 거미줄》, 시공주니어, 2000.

나라는 베스트셀러

초판 1쇄 인쇄 2024년 8월 8일
초판 1쇄 발행 2024년 8월 14일

지은이 루타 서페티스
옮긴이 이민희
펴낸이 유정연

이사 김귀분
책임편집 황서연 **기획편집** 신성식 조현주 유리슬아 서옥수 정유진 **디자인** 안수진 기경란
마케팅 반지영 박중혁 하유정 **제작** 임정호 **경영지원** 박소영

펴낸곳 흐름출판(주) **출판등록** 제313-2003-199호(2003년 5월 28일)
주소 서울시 마포구 월드컵북로5길 48-9(서교동)
전화 (02)325-4944 **팩스** (02)325-4945 **이메일** book@hbooks.co.kr
홈페이지 http://www.hbooks.co.kr **블로그** blog.naver.com/nextwave7
출력·인쇄·제본 (주)상지사 **용지** 월드페이퍼(주) **후가공** (주)이지앤비(특허 제10-1081185호)

ISBN 978-89-6596-643-2 03800